Manfred Eichhorn

Wenn's draußa langsam dunkel wird

Ein schwäbisches Weihnachtsbuch

Geschichten, Gedichte, Lieder und Sketsche
von Martini bis Lichtmess

Silberburg-Verlag

Die Deutsche Bibliothek – CIP-Einheitsaufnahme
Ein Titeldatensatz für diese Publikation ist bei Der Deutschen Bibliothek erhältlich.

1 2 3 4 5 05 04 03 02 01

Umschlaggestaltung: Uli Gleis, Tübingen.
Druck: Ernst Uhl GmbH & Co. KG, Radolfzell.
Printed in Germany.

ISBN 3-87407-393-9

Inhalt

Martini – 11. November

D'Ernte isch denna

D'Ernte isch denna,
dr Wei isch em Fass,
von dr Magd musch de trenna,
hoim gohts fürbass.
D'Pacht isch zum zahla,
d'Zinsa drzua,
ma zahlts onder Quala,
doch drnoch isch a Ruah.
Dr Bürgermeister en Repräsentanz
brengt am Lehrer d'Martinsgans.

Er hot scho viel Martinsgäns helfa essa

Dr November isch a trauriger Monat. Zerscht heila mr a weng auf am Friedhof rom, ond wenns Martin isch, heila mr am Geld noch, des fir d'Pacht nausgoht. De Dienstleit muss ma Ade saga. Se gangat hoim zu ihre Leit, em Frühjohr kommat se, so Gott ond Dienstleit wellat, wieder. Draußa isch alles gschafft, drenna führt 's Weib jetzt 's Regiment ...«

So hot dr Uropa an Martini rausgschwätzt. Wie er gstorba isch, wars ao grad Mitte November, ond weil er fönfaachzig worra isch, hend d'Leit über ihn gsagt: Er hot scho viel Martinsgäns helfa essa.

Ach Martin, ach Martin

Ach Martin, ach Martin,
i woiß, du hosch heit Namenstag,
drom sag i dir, dass i di mag.
Du bisch mei Herz, mei Zuckerbrot,
wenn i di treff, dann wer i rot.

Ach Martin, ach Martin,
i zend heit mei Laternle a,
des ma von weitem seha ka:
Doch stand i ohne Kloid vor dir,
doilsch doch da Mantel bloß mit mir.

Ach Martin, ach Martin!
Alloi isch's net em Hemmel schea,
sag net, des wär net nötig gwea,
wenn für da Mantel kriegsch an Kuss,
denn Küss' han i em Überfluss.

Ach Martin, ach Martin,
wärsch net so heilig, fänd i's guat,
vergiss doch mol dein Edelmuat;
dei Mantel hilft net meiner Not,
alloi dei Herz brengt z'mei ens Lot.

Der heilige Sankt Martin von Biberach

Im Pfarrhaus klingelte das Telefon. Am anderen Ende war die leidlich aufgeregte Stimme der Frau vom Huber Manfred zu hören.

»'s goht beim beschta Willa net, Herr Pfarrer. Heit morga hot er no vierzg Grad Fieber khet.«

»Soll i amol bei eahm vorbeigucka?«

»Noi, so schlemm isch's dann doch no net, Herr Pfarrer. Aber den Martin, den ka er des Johr auf koin Fall macha.«

Pfarrer Rohrer schaute gedankenverloren in seinen Pfarrgarten. Dort riss ein Ostwind gerade die allerletzten Blätter von den drei stattlichen Apfelbäumen. Die so deutlich werdende Vergänglichkeit bekümmerte ihn. Die Absage des Huber Manfred, der alljährlich, zwei Jahrzehnte lang schon, den Martin von Tours bravourös spielte, bekümmerte ihn noch mehr. Er kannte doch seine Biberacher, die am liebsten »hälenga« auf der Welt waren, und ihr Licht, wann immer es sich einrichten ließ, unter den Scheffel stellten. So wunderte es den Pfarrer nicht weiter, dass er bei seiner Suche nach einem, der bereit war den Martin zu spielen, gelinde ausgedrückt, auf Ablehnung stieß.

Entmutigt, mit einem Korb voller Absagen, besuchte er daraufhin den kranken Huber Manfred, dem er eine gute Besserung wünschte und dafür den Rat mitnahm, er solle doch den Stenglin Max fragen, denn der Stenglin Max, wie der Huber Manfred sich ausdrückte, könne keinem eine Bitte abschlagen, es sei denn, es handele sich um Geld.

Der Stenglin Max war ein stiller, bis zur Perfektion ordentlicher Angestellter der Biberacher Stadtverwaltung und darüber hinaus hauptamtlicher Kassierer im Biberacher Reitverein. Sein Sinn für das Ordentliche war so biberacherisch wie das verhaltene Zwölfuhrschlagen der Stadtpfarrkirche.

»Nemm dr a Beispiel am Stenglin Max.« Das war mehr als nur eine Floskel. Es war der pädagogische Fingerzeig schlechthin, ein Auftrag an die Jugend und an alle, die des Ansporns bedurften.

Keine Jahreshauptversammlung, bei der der Stenglin Max nicht einstimmig entlastet wurde, nachdem der sonst eher Wortkarge in ausführlicher Rede Ausgaben und Einnahmen auseinander dividiert hatte. Seine Korrektheit wurde allenfalls noch von seiner Sparsamkeit übertroffen. Auch hier war er Vorbild. Für die Jugend von Biberach, für den Sparverein, dem er vorstand, und die übrige Welt.

Vielleicht entfachte auch die Tatsache, dass der Stenglin Max kein gebürtiger Biberacher war, des Pfarrers Hoffnungsfeuer. Kurzum, sein Bittgang wurde nicht zum Metzgergang. Der Stenglin Max gab sein Jawort, auch wenn er seine Bedenken – »Em Reita ben i net grad dr Beschte« – äußerte.

»Fir da Sankt Martin wirds roicha«, beruhigte ihn der Pfarrer, von dem eine große Last gefallen war.

Bis zum nächsten Tag konnte der Stenglin Max zwar nicht besser reiten, dafür hatte er den Text und alles über die Mantelteilung gelernt.

Der spärliche Wortwechsel mit dem Bettler, den übrigens der Pfarrer spielen musste, seit zwei Jahrzehnten schon, weil kein Biberacher sich dafür hergab, war, da der Text sich reimte, das kleinere Übel. Mit der Mantelteilung verhielt es sich da schon anders. Dem Huber Manfred war es immer darauf angekommen, dass die Mantelteilung auch echt wirkte. So sollte der Mantel nicht aus zwei miteinander vernähten Mantelteilen, sondern aus einem Teil bestehen, welchen er, durch einen beherzten Schwerthieb, dann halbierte.

»Ma muss direkt höra, wie dr Mantel sich doilt«, war seine Devise. Der Stenglin Max hörte zu und staunte.

Am Abend des Martinstages hatten sich die kleinen Biberacher mit ihren Laternen und Lampions auf dem Marktplatz versammelt. Anders als die Großen streckten sie ihre Lichter mutig der hereinbrechenden Nacht entgegen und hielten auch mit ihren Gesängen nicht hinter dem Berg.

»Heil'ger Martin, guter Mann, reite unserm Zug voran«, sangen sie vielstimmig, als hoch zu Ross der Stenglin Max als heiliger Martin daherkam. Er war ein Sankt Martin wie aus dem Schächtele. Harnisch und Mantel saßen so korrekt wie ein Maßanzug und der goldene Helm hatte weit mehr von einem Heiligenschein als von einem Uniformteil.

An der Kirchenmauer kauerte bereits der als Bettler verkleidete Pfarrer und jammerte dem daherreitenden Martin entgegen:

»Hab Mitleid, Herr, mit einem Mann,
den du in Fetzen siehst.
Denn erfrieren muss ich dann,
wenn du vor meiner Armut fliehst.«

Von dem so seltsam gekleideten Menschen derart angesprochen scheute das Pferd. Es tänzelte, drehte sich, drohte zu steigen. Doch so viel Reitersmann war der Stenglin Max dann doch, dass er das Pferd unter Kontrolle hielt. Ja, er konnte sogar, während er noch mit dem Pferd zugange war, dem Bettler zurufen:

»Oh, armer Mann, in deiner Not,
in der du schuldlos bist,
errette ich dich vor dem Tod,
im Namen Jesu Christ.«

Da tastete der Stenglin Max nach seinem Schwert, das durch die erwähnten Umstände etwas nach hinten gerutscht war, brachte den aus der Fasson geratenen Helm wieder in die rechte Form und während er das Schwert nun theatralisch aus der Scheide zog, um den Höhepunkt des Abends, die Szene aller Szenen zu zelebrieren, nämlich den Mantel zu zerteilen, geräuschvoll, wie es der Huber Manfred forderte, da rührte sich des Stenglin Max' wahrstes Wesen. Ihn überkam ein solches Mitleid mit dem tadellosen, purpurroten, feinstens verarbeiteten Mantel, dass er es nicht übers Herz brachte, das Prachtstück so frevlerisch zu zerstören.

Zwar lag ihm der Satz: »Drum teil den Mantel ich mit dir, in dieser kalten Nacht ...« schon auf der Zunge, aber der Vers wollte ihm nicht über die Lippen. Die umstehenden Erwachsenen tippten auf eine Textunsicherheit des Ersatzmartins, der Pfarrer wollte sogleich soufflieren. Doch der Stenglin Max überschrie ihn im nächsten Augenblick:

»Du, guter Mann, mir ist nicht kalt,
drum nimm den ganzen Mantel halt.«

Damit befreite er sich schnell von dem Prunkstück, das allein von einer Zierschnalle am Kragen zusammengehalten wurde, und reichte es opferbereit dem Bettler. Der hüllte sich in den Mantel, mit einem Ausdruck des Entsetzens in den Augen, und bedankte sich stammelnd (oder frierend, wie die meisten dachten), mit den Worten:

»Die Tat, die heute du vollbracht,
ich werd es allen künden.
Drum soll fortan in dieser Nacht,
sich unser Licht entzünden.«

Dann folgte er dem Stenglin Max, der im bloßen Harnisch dem Zug der Laternen und Lampions tragenden Kinder voranritt. Hinein in die Nacht, um ein verschwenderisches Licht in die Finsternis zu bringen.

Im folgenden Jahr spielte der Huber Manfred wieder den heiligen Martin und der Mantel wurde auch, wie es das Martinsspiel vorschreibt, redlich geteilt und zwar so, dass es ein jeder erkennen konnte. Oder, wie der Huber Manfred sagte: »Man muss direkt höra, wie dr Mantel sich doilt.«

Wenn künftig allerdings, meist hinter vorgehaltener Hand, vom Biberacher Sankt Martin die Rede war, war ein anderer damit gemeint.

Andreas – 30. November

Andreas, spar heit mit am Schnee

Andreas, spar heit mit am Schnee,
sonscht duat's am Korn ond Weiza weh.
Lass ruhig dein Sega an me na,
denn's Kirchajohr fangt mit dir a.
Doch wenn in der Andreasnacht,
mei Lieb' zum Annele erwacht,
dann doil i künftig mit ihrs Bett.
An bessra Lostag fendasch net!

Die Andreasnacht

Sie hot sich den Kerle halt amol eibildet«, sagte die Mutter, einlenkend irgendwie, als wäre sie überrumpelt, aber nicht überzeugt worden. Doch in ihrem Verständnis für die Tochter war sie dem Vater damit um einen »Hennadapper« voraus. Der wollte unbedingt, dass sie dem Sohn des Bauunternehmers, dem Pfäffle Siggi, ihr Jawort gäbe. Und von dieser seiner Vorstellung, rückte er um keinen »Hennadapper« ab.

Der Mutter dagegen wäre der Schiller Ernst als Schwiegersohn lieber gewesen. Der studierte Medizin und würde bald ein approbierter Arzt sein. Pragmatisch äußerte sie sich deshalb: »An Dokter en dr Familie isch nie verkehrt.«

Das damit verbundene Ansehen würde zudem auf die Tochter übergreifen; die Mutter bekniete sie: »Stell dr vor, d'Frau Heigele mießt Frau Dokter zu dir saga.« Doch die Tochter ließ sich auch damit nicht ködern. Sie blieb stur. Sie hatte sich einen anderen eingebildet.

Hätte die Tochter einen »Dagdieb« oder »Zigeiner« erwählt, wäre die Mutter dem Anliegen mit einem entschiedenen »Den schlägsch dr glei aus am Kopf« entgegengetreten.

Da hätte sie nicht klein beigegeben, hätte sich vehement hinter den Vater gestellt und sich seinem Heiratsverbot angeschlossen.

Der Hanse war weder Tagdieb noch Zigeuner, aber aus der Sicht der Eltern eben auch nicht der Wunschbräutigam für ihre soeben achtzehn gewordene Grischtl. Er war der Sohn des Schuhmachers, war Geselle beim Vater, dessen Werkstatt er einmal übernehmen würde. Damit war ein karges Auskommen gesichert, mehr aber wohl nicht.

»Muss es denn obedengt der Hongerleider sei?!«, lamentierte die Mutter deshalb. »'s isch ja net wega mir. Aber dr Babba! Kennsch an doch!«

Der Babba, der von dem Schustergesellen wahrlich nicht angetan war, ließ dann auch keine Gelegenheit aus, um ihn der Tochter madig zu machen: »A Flickschuster, der jeden herglaufene, broitglatschte Schuah en d'Fenger nimmt! Do hosch wieder amol 's große Los zoga, Dochter!«

Als ob die Grischtl schon einmal zuvor in die Lostrommel der ledigen Männerwelt gefasst hätte. Der Hanse war der Erste und sollte der Einzige bleiben.

Sie blieb deshalb, allen Verlockungen zum Trotz, dem Liebesschwur, den sie dem Hanse in der Andreasnacht gegeben hatte, treu. Da konnte der Vater sich aufführen, wie er wollte. Arrest anordnen, mit Schlägen drohen oder zum perfidesten Mittel greifen, nämlich eine Enterbung in Betracht ziehen.

Die Grischtl lief heulend zur Großmutter, hinter der sie sich verschanzte und die sich wortgewandt auf ihre Seite schlug: »Was ma en dr Andreasnacht abändelt, goht auf a guada Ehe naus. Des war früher so ond des zoigt sich heit no. Gottlos wärs, wenn ma sich do drgegastellt.«

Damit war zumindest die Mutter überredet, die mit ihrem »Wenn sie sich den Kerle halt amol eibildet« ihr Einverständnis gab. Der Vater aber bockte weiter; schließlich hatte er sich den Pfäffle Siggi eingebildet.

»Leddagschwätz, saudomms«, bruddelte er deshalb. Und wies seine Schwiegermutter zurecht: »Bei ons en Holzgerlinga hot die Losung bloß für d'Thomasnacht golta.« Die Großmutter lachte mitleidig: »Kerle, en jeder Pfarrei macht ma's andersch.«

Da resignierte der Vater und gab klein bei. Denn eins hatte er in seinem mühsamen Leben gelernt: Gegen drei Weiber war man, selbst wenn man aus Holzgerlingen kam, machtlos.

Barbara – 4. Dezember

Moint's dr Petrus amol mit am Wetter net guad

Moint's dr Petrus amol mit am Wetter net guad
brengt 's Barbaraläuta ons Hoffnung ond Muat.
Drom gang en da Garda ond – schnippschnapp –
schneid a Kirschazweigle ab.
Stell's ens Wasser, 's macht koine Müha,
am Heiliga Obend wirds blüha!

's Bärbele

Die Kapellenglocke läutete hell und hastig; grad so, als hätte sie es eilig. Bald mischte sich in den Glockenklang das Gerede zweier Frauen: »Wenn oina am vierta Dezember auf d'Welt kommt, die muss oifach Barbara hoißa.«

»A Bärbele muss des geba, wie ma bei ons sagt.«

Die Glocke wurde lauter und schluckte die Stimmen. Es dauerte eine Zeit lang, bis sie sich wieder behaupten konnten:

»A so a nettes Mädle. Ond so ein Vadder.«

»Des war net alloi dr Vadder. Do warad no ganz andre schuld.«

»Es war halt die Zeit domols.«

»Do warsch schnell verschriea. A Amischickse – wenn da bloß gschwend mit de Besatzersoldata hosch schwätza müssa.«

»Ond a Negerhur warsch, wenn der sell Ami a Neger gwea isch.«

»Mir hend ons doch drbei nix denkt.«

»Ach woher, neugierig warad mir halt, mir Mädla.«

»Aber Negerhur oim hendadrei schreia ond Amischickse. Die hends grad nötig ghet.«

»Selber so viel Dreck am Stecka, dass da vom Stecka scho nix mehr gseah hosch.«

»Ach ja, des warad mr so Zeita.«

»Du, d'Bärbel hot gwieß nix mit ma Ami ghet.«

»Ond scho gar et mit ma Neger.«

»D'Gundl ond Trudl, ja.«

»Aber i werf des dene net vor. Domols han i's net doa. Ond heit du i's glei zwoimol net.«

»Arme Luder warad se boide.«

»Kaum was zum Fressa ond koi Dach überm Kopf.«

»Do send se dann halt mit naufghockat auf den Jeep zu de Ami.«

»Ond send mit am Jeep en d'Luft gfloga, weil se auf a Mine komma send.«

»Do hot koiner a Mitleid mit dene Mädla kennt.«

»Am schlemmsta war dr Bärbel ihr Vadder. 'Des gschieht dene ganz recht, dene Lompamenscher', hot er gsagt ond sich gfreit, weil die Ami ao he warad.«

»Ond 's oigene Mädle hot'r a'gschrie: 'Wenn du draufghockat wärsch, koi gotzige Trän hädd i dir nochg'heilt.'«

»Sie hot ja zu de Ami müsse, als Krankaschwester. 's war ja so angeordnet von de Besatzer.«

»Aber der Vadder war ein Sturkopf. Ond a Nazi durch und durch. Der hot des net vertraga, dass de oiga Dochter bei de Ami hilft.«

»Oimol hot ra so a Ami was gschenkt, woisch no?«

»An Schoklad ond a baar Bloma.«

»Do hot se ihr Vadder wendelwoich gschla.«

»Wendelwoich?! Beinah dod hädd er se gschla, wenn net dr Kast Done drzwischa ganga wär ond den Alda verprügelt hädd.«

»Fast wärs ausganga wie bei dr heiliga Barbara, der hot dr oigane Vadder ao dr Grend rag'haua.«

»Doch net wega de Ami?«

»Noi, wegam Christus ond weil se sich hot taufa lassa.«

»En alle Zeita isch's gleiche. D'Männer send gwaltdädig, wenns om d'oigene Menscher goht.«

»'s Bärbele isch nemme recht froh werra, henderher.«

»Weg vom Vadder ond nei ens Kloster. Ond irgendwann als Krankaschwester ens Bethesda.«

Die Glocke hatte aufgehört zu läuten. Die beiden Frauen standen am offenen Grab und warteten, bis der Sarg auf dem Karren hergeschoben wurde. Ein paar Ordensschwestern und die wenigen, die sie von früher her kannten, folgten ihm und begleiteten so das Bärbele auf ihrem letzten Weg.

»Barbarazweigle, blühsch ao em Wender!«, hörte man eine Stimme sagen. Ein namenloser Wind hatte sie von irgendwo hergetragen.

Nikolaus – 6. Dezember

Draußa isch alles verschneit

Draußa isch alles verschneit,
d'Hausdächer, d'Felder ond Flura.
Bloß zum Wald zua scheint es geit
em tiefa Schnee a baar Spura.
Halt amol, do kommt doch wer,
a roter Mantel guckt raus,
kommt aus am Wald direkt doher
mit große Schritt – dr Nikolaus!

Der Bischofsstab des heiligen Nikolaus

Nicht dass ich vor ihm Angst gehabt hätte. Was er daließ, war weit mehr, als was er einem antun konnte. Mandarinen und Nüsse waren schließlich Mangelware; und wann gabs schon Schokolade. Dazu noch in Form eines in Stanniolpapier gewickelten Nikolaus.

Was er dafür verlangte, war ein vergangenes Jahr ohne jede Verfehlung. Zudem sollte man mit tadellosen Manieren aufwarten und ein Zeugnis vorlegen, das einen als Streber entlarven musste. Dass man den Eltern aufs Wort gehorchte und der Oma die volle Einkaufstasche in den zweiten Stock trug, verstand sich von selber. Und selbstverständlich war auch, dass die Sonntagskleidung nicht schmutzig werden durfte. Die Forderungen des Nikolaus waren, wenn auch nicht immer logisch, so doch nachvollziehbar. Nur dass ich den Benz Philipp nicht verhauen durfte, obwohl er es mehr als verdient hatte, grenzte an Schikane.

Da ich an jenem Nikolaustag, von dem ich erzählen will, von all den Forderungen wenig, wenn nicht sogar keine erfüllen konnte, sich obendrein noch trotzig die ersten Zweifel anmeldeten, ob es den Nikolaus denn überhaupt gäbe oder ob ein verkleideter Onkel oder sonst wer hinter dieser Larve steckte, hielt ich es für ratsam, krank zu werden. Denn, so viel wusste ich, einen Kranken schont man, man hat Mitleid mit ihm, ist in jeder Hinsicht nachsichtig und man darf ihn nicht unnötig aufregen.

So klagte ich über Hals- und Gliederschmerzen, hatte Kopfweh und Husten und vermutlich auch eine erhöhte Temperatur. Über Bauchweh jammerte ich vorsichtshalber nicht. Wer weiß, welche Maßnahmen das zur Folge gehabt hätte.

So aber steckte mich meine Mutter lediglich ins Bett, legte eine Wärmflasche und ihre Sorge dazu und breitete ihre schützende Hand über mich, als es draußen wild läutete.

»Wo steckt der Lausbua?«, hörte ich es poltern. Hörte, wie der Nikolaus mit seinem Bischofsstab gegen die Tür klopfte, hörte, wie er mit drohenden Schritten näher kam. Und hörte, wie meine Mutter ihn ärgerlich zurechtwies: »Net so laut, dr Bua isch krank.«

Wie freundlich stand er da plötzlich im Türrahmen. Beim Nähertreten sprach er leise und klopfte mit seinem Bischofsstab nur ganz vorsichtig strafend auf die Bettdecke, weil ich den Benz Philipp verhauen hatte.

Dann leerte er seinen Rupfensack aufs Bett: Nüsse, Lebkuchen, Mandarinen und ein Nikolaus aus Schokolade in Stanniolpapier gewickelt, purzelten anarchisch übereinander. Zu alldem gesellte sich noch seine Mahnung, die als Auftrag verstanden sein wollte: »Sei halt brav ond mach deiner Mamma koine Sorga.«

Milde gestimmt, schon zum Abschied gerüstet, fügte er dem nur noch hinzu: »Ond Bua, werr schnell wieder gsond!« Und ich dachte: »Überstanden!«, und war glücklich.

Doch dann tat der Nikolaus etwas, was mein weiteres Leben weitgehend beeinflusst hat. Er, den ich schon draußen wähnte, kehrte noch einmal um. Er lehnte seinen Bischofsstab, der ihm irgendwie hinderlich schien, an den Schlafzimmerschrank und brummte: »Den Stab, den lass i do, dass ao emmer an me denksch. Z'nächst Johr komm i dann ond hol'n wieder.« Damit verschwand er in die Nacht, nicht aber aus meinem Leben.

Ehrfürchtig betrachtete ich am anderen Morgen den Bischofsstab des heiligen Nikolaus, den meine Mutter ins Klo neben Besen und Schrubber gestellt hatte. Ehrfürchtig betrachtete ich ihn die ganze Adventszeit hindurch, ehrfürchtig, aber auch stolz, weil ich sein Hüter geworden war. So wurde es Weihnachten, Silvester und Neujahr.

Um Dreikönig herum kam mir die Idee, ihn als Eishockeyschläger zu benützen. Danach diente er mir als Schwert oder Lanze, als Golfschläger, Vorderlader und Torpfosten. Im Sommer eignete er sich bestens zur Floßfahrt und als Angelhaken, um meinen Fußball aus der Blau zu fischen. Später, es war Herbst geworden, wurde er zur Birnen- und Apfelernte eingesetzt. Danach verlor sich seine Spur.

Im folgenden Dezember hatte der Nikolaus, wie auch mein Vater, Nachtdienst und ließ deshalb seine Gaben, etwas unpersönlich, wie ich fand, auf einem Teller zurück, den ich am Abend zuvor vor die Tür stellen musste. Freilich war ich erleichtert, dass ich so um die Rückgabe des Bischofsstabes herumkam. Andererseits hätte ich ihm den Verlust auch gerne gebeichtet, um die Sache vom Tisch zu haben. So aber hing die Rückgabe des Bischofsstabes wie ein Damoklesschwert über mir. Im nächsten wie auch im folgenden Jahr. Ja, eigentlich die ganzen Jahre hindurch.

Und so geschieht es zuweilen noch heute, dass ein Alptraum mich weckt. Dann sitzt der heilige Nikolaus an meinem Bett und will seinen Bischofsstab zurück. Und ich kann ihm einfach nicht sagen, wo das Ding geblieben ist.

Morga kommt dr Alb-Niklaus

Morga kommt dr Alb-Niklaus,
kommt, wenn's goht, in jedes Haus,
brengt a Tafel Milchschoklad,
ond isch's eich em Wender fad,
brengt er a Computerspiel.
Doch ma bruddelt: 's isch net viel!

Brengt er mir an Zottelbär,
dann sag i: I will no mehr!
A netts Häusle, Grunderwerb,
ond i mecht, bevor i sterb,
endlich mol Las Vegas seah,
en Rom ben i bis heit net gwea.

Pfandbrief wärad ao net schlecht,
a Erbschaft, die käm jetzt grad recht.
Ond i mecht amol aufs Meer
mit ma Dampfer kreuz ond quer,
von Kapstadt bis nach Helgoland
mit ma Haufa Proviant.

Armroif mit ma Diamant
wär als Schmuckstück interessant,
goldane Serviettahalter
ond aus Porzellan da Schalter,
wo ma 's Licht zum Keller macht,
aus dem dr Wei entgegalacht.

Alb-Niklaus, wie du mi kennsch,
han i doch ganz andre Wensch:
gsonde Fiaß ond alle Tag
morgens auf, weil i's so mag,
werktags brav ond sonntags fromm
ond meine Kender om mi rom.

Nothelfer

Niklaus, Helfer in der Not,
brengsch de Arme a Stück Brot.
Hilfsch de Kender, wenn se plärred,
ond hilfsch, wenn se erwachsa werrad.

Läsch de Fromme ihren Glauba,
läsch koim Mädla d'Oschuld rauba,
die, so sagt's ons die Legende,
bloß für d'Schulda, die horrende,

dädat ihren Leib verkaufa –
damit dr Alt' ka weitersaufa.
Bisch oifach do, wenn ma de braucht,
dass dr Kamin em Wender raucht.

Du gucksch drnoch, wenn d'Kälte klirrt,
dass Leaba oifach scheener wird!
Ach, Helfer Niklaus, i fend's schad:
Heit gibts de bloß no aus Schoklad!

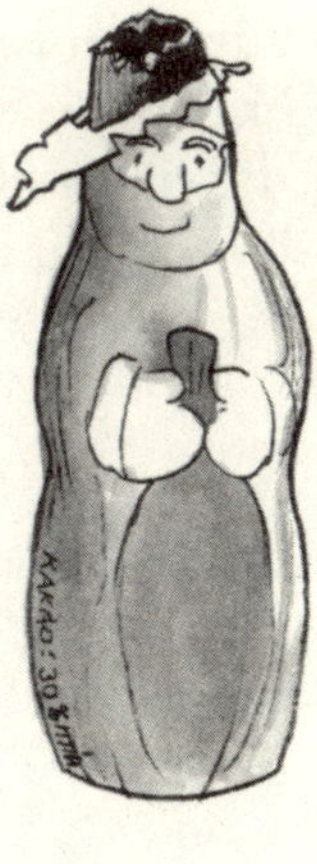

Strümpf ond Teller

D'Strümpf aufg'henkt,
dr Teller naus,
heit gibts was gschenkt,
's isch Nikolaus!

»An Vers sag auf!«
»Ruprecht, was treibsch?«
»Ois hendadrauf,
wenn stecka bleibsch!

Ond nei en da Sack
ond i bend oba zua,
scho gohts huckepack
drvo mit em Bua!

Ond nauf auf da Schlitta
ond dann horrido!«
»Halt, halt, lass de bitta,
mei Versle goht so:

Bleibt dr Teller halt denna
ond Strümpf bleibat em Schrank,
denn dr Niklaus duat spenna
ond dr Ruprecht isch krank!«

Warum in Bayern schon am 5. Dezember der Nikolaus kommt

In Meßhofen, einem kleinen Ort im bayerischen Ulmer Winkel, trafen sich am Nikolaustag des Jahres 1899 drei junge Männer, ein jeder als Nikolaus verkleidet. Sie waren, wie auch schon die Jahre zuvor, vom Prälaten auserwählt worden, die Kinder von Roggenburg, Raunertshofen und Meßhofen zu beschenken, und sie, wie es Brauch und Sitte war, gegebenenfalls auch zu züchtigen.

Damit die Gerechtigkeit ihren Weg gehen konnte, traf man sich eine Stunde zuvor, um die persönlichen Daten, die Lob- und Sündenregister der Dorfkinder zu sichten, um sie ins Goldene Buch aufzunehmen und um selbiges aufzuteilen.

Eines allerdings war anders als in den Jahren vorher. Das Pfarrhaus in Meßhofen, ansonsten Treffpunkt dieser so notwendigen Besprechung, wurde an diesem Abend eines anderen Zweckes Heimstatt, sodass die Nikolausvertreter in die Meßhofener Braugaststätte ausweichen mussten. Man ließ beim Braumeister Kolb das Nebenzimmer reservieren. Dessen Märzen war weithin bekannt. Es war ein Bier, so malzig und kräftig, wie man es üblich nur als Letztes braut, damit es den Sommer übersteht. Der Braumeister Kolb aber braute es ganzjährig und zog so selbst die Ulmer Herrschaften aufs Land.

An diesem 6. Dezember des Jahres 1899 saßen also die drei jungen Männer im Nebenzimmer der Braugaststätte – und freilich sitzt man da nicht trocken herum.

Sie bestellten vom Märzen, ein jeder eine Halbe. Und während sie Lob- und Sündenregister sichteten und verteilten, sich austauschten derentwegen, tranken sie eine zweite und dritte Halbe und eine vierte obendrauf. Da kamen sie plötzlich in Streit. Der eine, der immer die Raunertshofer Kinder beschert hatte, wollte partout nur noch die Klostergegend besuchen. Der Zweite wollte dasselbe. Der Dritte dagegen wollte in jedem Dorf nur die unartigen Kinder besuchen, um allein mit der Rute, nicht aber mit den Gaben belastet zu sein.

So stritten sie und stritten und der Lärm drang vom Nebenzimmer in die Gaststube, wo man sich wunderte, welcher Disput dort zugange war, da doch keine Wahlen ins Haus standen. Der Braumeister setzte sich zu den kostümierten Streithähnen, wollte schlichten, wurde aber von einer Woge des Lobes über sein vortreffliches Bier buchstäblich überspült, sodass er den Gästen in der Gaststube nur ein schulterzuckendes »Jonge Leit halt« als Erklärung überbrachte.

Die Striche auf den Bierfilzen der Nikolausvertreter mehrten sich zusehends und aus dem Disput wurde ein erbärmlich lallendes Gezeter.

Indessen rückte die Nacht in Gestalt eines mahnenden Zehnuhrschlagens, welches vom Prämonstratenser-Stift bedrohlich herüberwehte, heran. Noch brachte der Wirt neues Märzen. Und die Nikolausvertreter tranken auf den heiligen Nikolaus, dem sie nacheifern sollten, dann auf den heiligen Martin von Tours, den Schutzpatron aller Säufer.

Als es schließlich Mitternacht schlug und der Nachtwächter seine Runde ankündigte, hatten Eltern und Kinder in all den Häusern in und um Roggenburg herum das Warten auf den Nikolaus längst aufgegeben; denn so viel war klar, er würde in diesem Jahr nicht kommen. Zum Entsetzen der braven, den andern zur Freude.

Die Landesregierung in Bayern, dem dieser Schwabenzipfel an der Grenze zum Württembergischen unterstand, beschloss daher, als es von diesem Betragen erfuhr, dass an der Schwelle des neuen Jahrhunderts fortan der 5. Dezember als Nikolaustag gelten solle. Sollte der Vorfall sich nämlich wiederholen, so bliebe ihnen immer noch der württembergische Nikolaustag, der 6. Dezember also, quasi als Ausweichtermin.

Mein Onkel Schorri

In den beiden Jahren, in denen mein Großvater der Inhaber eines Zigarrenladens war, weil er als selbständiger Kaufmann zu Geld und Ansehen kommen wollte, hatte nicht nur mein Großvater, sondern hatten auch die übrigen Familienmitglieder einiges auszuhalten.

Den Laden, so erzählte man später, hatte er von der Witwe Beiselen aufgeschwatzt bekommen. Damals ist mein Großvater ein Misanthrop geworden.

Das Leben und das Finanzamt meinten es nicht gut mit ihm. Das Leben kostete Geld, welches, hatte man es mühsam verdient, das Finanzamt wieder wegnahm. Und das, obwohl er, wie er betonte, Tag und Nacht für den Laden schuftete. Da war ihm mein Onkel Schorri, der so in den Tag hineinlebte und den das Finanzamt in Ruhe ließ, freilich ein Dorn im Auge.

Zwar arbeitete mein Onkel Schorri gelegentlich, um sein karges Leben zu finanzieren, in der Art, dass er mit seinem alten, klapprigen Hanomag Altpapier und Alteisen transportierte oder was sonst so gewünscht war, oder er half bei Umzügen mit.

Abends saß er im Cafe Mack am Klavier und spielte für ein paar Mark und für ein paar halbe Bier einen Abend lang. Doch wenn er genügend Geld hatte, half er nirgendwo und niemandem. Dann lag sein Transportunternehmen still und er saß auch nicht im Cafe Mack und spielte Klavier, sondern irgendwo in der Sonne und kaute auf einem Grashalm herum.

Manchmal fuhr er aus purer Lust mit seinem alten Hanomag nach Blaubeuren, setzte sich an den Blautopf und spielte für die Blautopfbesucher auf seinem Akkordeon: »Muss i denn, muss i denn zum Städtele hinaus« und »Auf am Wasa grasat Hasa«. Das waren seine Lieblingslieder.

Wenn im Herbst der VDK sein alljährliches Theaterstück aufführte, spielte mein Onkel Schorri immer die Hauptrolle und die Zuschauer gaben ihm, wenn er nach der Vorstellung vor den Vorhang trat, den meisten Beifall.

Vielleicht hatte mein Großvater da begriffen, dass er, auch wenn er noch so viele Zigarren verkaufte, niemals so reich werden würde wie mein Onkel Schorri, wenn der am Ende einer Vorstellung vor den Bühnenvorhang trat. Und vielleicht war das der Grund, warum mein Großvater den Zigarrenladen bald wieder aufgab und bis zu seiner Pensionierung sich wieder im Büro der Bundesbahn anstellen ließ. Dort war er vor dem Finanzamt und irgendwie auch vor dem Leben sicher.

In jenem Jahr aber, als ich in der dritten Klasse war, hatte mein Großvater noch den Zigarrenladen und war deshalb ein Misanthrop; ein Menschenfeind also, mürrisch und unausstehlich.

An allem und jedem hatte er etwas auszusetzen, am Wetter und an der Regierung, und freilich an meinem Onkel Schorri. Ich liebte meinen Großvater trotzdem. Dass seine Übellaunigkeit aber selbst vor dem Nikolaus nicht Halt machte, dafür fehlte mir jedes Verständnis.

»Was duat denn dr Niklaus scho? 's Geld zum Fenster nauskeia!« So hörte ich ihn misslaunig bruddeln. Und lauter werdend polterte er: »Warme Sogga! Wenn er wenigstens warme Sogga brenga dät!« Er verglich den Nikolaus mit meinem Onkel Schorri und bemerkte abfällig: »Dia kommat doch aus am gleicha Stall gschlicha.«

Schließlich wurde ich noch Zeuge, wie er mit meiner Mutter darüber stritt, dass doch zu mir, einem Drittklässler, kein Nikolaus mehr käme.

»Dr Teller naus, des duats doch!«, schimpfte er. Und fluchte einen »Heilandsack« hinterher.

Meine Mutter aber bestand auf den Nikolaus, weil das so abgemacht war. Und so kam er an jenem Abend zu mir, obwohl ich schon ein Drittklässler war und die meisten meiner Mitschüler in diesem Jahr nur noch einen Teller mit Naschwerk bekamen.

Der Nikolaus kündigte sich an, als die Wanduhr siebenmal schlug. Nicht polternd, nicht laut. Sein Auftreten war wie eine Erscheinung. Urplötzlich stand er in der Tür, als wäre er geradewegs vom Himmel geplumpst. Ich war geblendet: Dieser purpurne Mantel, dieser weiße, wallende Rauschebart. Und doch, alle Äußerlichkeiten verblassten, als ich seine Stimme wahrnahm. Dieses milde, sanftmütige Grollen, jenseits jeder Drohgebärde, die weder gute Noten noch ein Gedicht verlangte, ja, nicht einmal das Zeugnis meiner Mutter, ob ich denn brav gewesen sei.

Stattdessen erzählte er vom Leben, welches zwar kurz wäre, aber weniger wegen der kurzen Zeit, die es dauert, sondern weil uns von dieser kurzen Zeit fast keine bleibt, es zu genießen. Die Geschenke, die er mitgebracht hatte und die er nun aufs Sofa leerte, wurden so nebensächlich wie das Gemaule meines Großvaters, der neben dem Sofa stand und nörgelte: »Lauder süßes Glomb.«

Dann, viel zu schnell, verschwand der Nikolaus wieder, nicht ohne mir vorher mit der Hand übers Haar zu streichen, hinter der Tür wie hinter einem Bühnenvorhang, vor den ich ihn gerne noch einmal mit meinem Applaus gelockt hätte. Aber vor Ehrfurcht blieb ich erstarrt stehen, einen Moment lang zumindest, dann rannte ich zum Fenster und beobachtete, wie der Nikolaus mit Onkel Schorris Hanomag davonfuhr.

Da legte mein Großvater den Arm um mich und bruddelte: »Han i's net gsagt, jetzt leiht er sich sogar 's Auto vom Onkel Schorri.«

Hans, dei Gedicht!

Kleines Nikolausspiel für 2 Personen

Personen: Hans, Lotte

Hans und Lotte warten auf den Nikolaus.

Hans: Kennsch ja mein Zeignis, mein Fönfer em Senga;
em Rechna werr i's sogar auf an Sechser brenga.
Lotte: Mei Hans, du soddesch de zum Lerna halt zwenga.
Hans: En Religion an Vierer wird mr do net viel nutza,
i glaub, die Lehrer kennat me bloß net verbutza.
Lotte: Wenn da wenigstens ordentlich wärsch ond dätsch
net alles verschmutza.
Hans: Drbei ben i gscheit ond ka mei Gedicht!
Lotte: A Amois hält a Glühwürmle fir a groß' Licht.

Hans versucht das Gedicht aufzusagen, schnappt aber lediglich nach Luft.

Hans: Herrgottsack, jetzt han' i's Gedicht ao no vergessa!
Lotte: Wenn da fluchsch, lieber Hans, isch dr Käs fei glei
gessa.
Hans: Sag halt da A'fang, den fend i so schwer.
Lotte: Von draußen, vom Walde komm ich her ...
Hans: Lass des bloß net da Babba wissa,
do verstoht er koin Spaß, do hosch's glei verschissa.
Lotte: So fangt des Gedicht a, dommer Sembl.
Hans: Ond wie goht'r weiter, der Hura-Grembl?
Lotte: ... ich muss euch sagen, es weihnachtet sehr.
Hans: Sodde Sätz legat sich en meim Maul quer.
Lotte: Überall auf den Tannenspitzen
sah ich goldene Lichtlein blitzen ...
(Jetzt mach scho, Hans,
i muss es net lerna, i kanns.)

Hans: Ach Lotte, 's wär gscheiter,
du machsch no a Strophe weiter ...
Lotte: ... und droben aus dem Himmelstor
sah mit großen Augen das Christkind hervor.
Und wie ich so strolcht durch den finstern Tann ...
Hans: Also doch!
Lotte, dr Babba schempft en oi Loch!
Lotte: ... da rief's mich mit heller Stimme an:
»Knecht Ruprecht«, rief es, »alter Gesell,
hebe die Beine und spute dich schnell.
Die Kerzen fangen zu brennen an,
das Himmelstor ist aufgetan.«
Hans: Denn der Hans aus der dritten Klasse soll nun
von der Jagd des Lebens einmal ruhn,
sonst fliegt er pfeilgrad auf die Erden
so kann es doch nicht Weihnacht werden.
(lacht, etwas dreckig)
Lotte: *(Ungeduldig)* Ich sprach: »Oh lieber Herre Christ,
meine Reise fast zu Ende ist.
Ich soll nur noch in diese Stadt
wo's eitel gute Kinder hat.»
Hans: »Hast denn das Säcklein auch bei dir?«
Ich sprach: »Das Säcklein hab ich hier!«
Lotte: Des hosch dr g'merkt ond wie gohts weiter?
Hans: »Hosch ao Nüss ond Äpfel bei dr?«
Lotte: »Hast denn die Rute auch bei dir?«
Hans: Was goht des di a, Lompadier?
Lotte: Ich sprach: »Die Rute, die ist hier!
Doch für die Kinder nur, die schlechten,
die trifft sie auf den Teil, den rechten.«
Hans: Mensch, Lotte, isch der no ganz recht?
Lotte: »So geh mit Gott, mein treuer Knecht.«
Nun sprecht, wie ich's hier innen find:
Sind's gute Kind, sind's böse Kind?

Hans: Was moisch du, Lotte?
I denk, i ka's jetzt, oder sodde ...?
(Denkt eine Weile still nach)
Du, Lotte, ganz em Vertraua,
moisch dr Niklaus, wird me verhaua?
Lotte: *(Schulterzuckend)*
Bei dr Mamma hosch ja an Stoi em Brett.
Hans: Die sagt, dass e brav wär ...
Lotte: ... wenn da schlofsch en deim Bett.
Hans: I hör an komma, i hör an läuta!
Oh Lotte, des ka nix Guats bedeuta!
Lotte: Er stoht scho an dr Tür, d'Mamma macht am grad Licht.
Hans: Lotte woisch was,
mir sagat's mitnander auf, des Gedicht!

Niklaus, Niklaus

Niklaus! Niklaus! 's isch an dr Zeit!
Niklaus! Niklaus! Mach de bereit!
's isch doch scho Wender,
ond alle Kender
schreiat, schreiat: Niklaus, komm bald!

Niklaus! Niklaus! Gang aus am Haus!
Niklaus! Niklaus! D'Lichter gant aus!
Mach a weng schneller,
denn alle Teller
schreiat, schreiat: 's isch no nix drauf!

Niklaus! Niklaus! Gang durch da Wald!
Niklaus! Niklaus! Do isch net kalt!
Denn Fuchs ond Häsla
samt ihre Bäsla
schreiat, schreiat: Niklaus komm bald!

Advent

Advent

Ab heit gangad d'Uhra andersch,
dr Monat hot 24 Tag,
was drnoch kommt, isch später.

D'Sonntäg zählt ma nach de
Kerza, die brennat.

Wie viel Bretlasorta
hemmer scho backa?

24 Türla hot der
Kalender; hender
jeder versteckt sich
Wonder woiß was.

Aus'm letschta
sprengt 's Christkend raus,
direkt en dei Herz.

Wenns draußa langsam donkel wird

Wenns draußa langsam donkel wird
ond kloine Flocka schneit,
Wald, Feld und Flur vor Kälte klirrt,
isch's Christkend nemme weit.

Sengt ma »Macht hoch die Tür« em Chor
onds erste Kerzle brennt,
dann isch die schönste Zeit em Johr,
dann isch es Advent.

Wenns draußa langsam donkel wird
ond en de Stube hell,
sucht mancher Trost beim Ochsawirt,
beim Schnaps ganz prinzipiell.

Do hockt er dann trostlos drvor
sucht, was ma Hoffnung nennt,
se fehlt oim ja scho 's ganze Johr,
doch bsonders em Advent.

Macht hoch die Tür

Advent, Advent, a Lichtle brennt.
»Macht hoch die Tür«, mei Oma sengt.
Am nächsta Sonntig sends scho zwei,
ao do isch d'Oma mit drbei
ond sengt beschwingt: »Macht hoch die Tür«.
Drei Kerza dann und später vier,
ond Oma sengt: »Macht hoch die Tür!«
Bis endlich Heiligobend isch:
D'Familie scho om da Tisch.

Erst gibts Brotwürst, dann Bescherung,
dr Vadder sprengt no zur Entleerung,
als draußa läutet, zwecks Quartier,
d'Oma isch's: »Macht hoch die Tür!«
»Beim beschta Willa, doch net heit.
Morga, Oma, sei so gütlich,
mach mrs ons mit dir schee gmütlich.
Aber heit, des siehsch do ei,
do wella mr onder ons bloß sei.
's isch Heiligabend, komm gang zua,
oimol will ma doch sei Ruah.
Doch morga, des versprech mr dir:
do senga mr: 'Macht hoch die Tür!'«
D'Oma hädd's schier nemme ghört.
Auf ond drvo isch se, verstört,
hot hälenga a Trän verdruckt,
da Frosch em Hals gschwend nondergschluckt,
sagt se am Vadder, onderm Flenna:
»Des Lied, des kannsch du gar net kenna.«

(Hier ist das Gedicht eigentlich zu Ende,
doch für alle, die ohne einen versöhnlichen
Schluss nicht auskommen, folgender Nachsatz:)

Do fangt dr Vadder a zum Lacha:
»Ma derf wohl no a Späßle macha!
Jetzt komm no rei, mir send doch bei dr,
glei gohts mit dr Bescherung weiter.«
Zerscht hot d'Oma d'Stirn no grunzelt,
doch drnoch hot se glei gschmunzelt
ond wie dr Vadder lauthals lacht,
hot d'Oma gsonga: »Stille Nacht«!

Nun jauchzet, all ihr Frommen

Er wird nun bald erscheinen in seiner Herrlichkeit und all euer Klag und Weinen verwandeln ganz in Freud.« So heißt es in dem Advents-Choral »Nun jauchzet, all ihr Frommen«, den der Berliner Pfarrer und Religionslehrer Michael Schirmer 1640 dichtete.

Mag sein, dass meine Tante Babette daran gedacht hat, als sie die Nachricht des zytologischen Instituts erhielt, dass ihre Untersuchung positiv ausgefallen war, was bedeutete, dass sie Krebs hatte, denn sie war fromm bis in die Haarspitzen ihres Bubikopfes, der sie immer um einige Jahre jünger machte, als sie tatsächlich war.

Aber wie es das Lied vorgab, klagte sie erstmals.

»Warom grad i ond warom grad jetzt, wo i mir so viel vorgnomma han? Ond warom ausgrechnet vor Weihnachta?«

Sie meinte, an Krebs zu erkranken, wäre doch schlimm genug, aber das so kurz vor Weihnachten, nein, das wäre ein Schicksalsschlag, den sie nicht verdient hätte.

Und wie es das Lied vorgab, weinte sie jetzt, ängstlich und bitterlich. Sie weinte zornig und weinte so lange, bis ihr die Tränen ausgingen.

Danach fasste sie neuen Mut, denn sie war gottesfürchtig fromm und hoffnungsfroh bis in die Haarspitzen, als sie das Lied: »Nun jauchzet, all ihr Frommen« in sich hineinsang, denn da hieß es, »all euer Klag und Weinen verwandelt sich in Freud«.

So vertraute sie sich Gott und der modernen Medizin an, ließ sich in der ersten Adventswoche operieren und hätte vor Weihnachten schon wieder nach Hause gedurft.

Doch sie zog es vor, im Krankenhaus zu bleiben. Die dort lagen, bedurften nämlich ihres Trostes. Ihr Zuspruch war ihnen Balsam. Und wenn sie mit ihnen sang: »Nun jauchzet, all ihr Frommen«, dann verwandelte sich ihr Klagen und Weinen in Hoffnung. Da war meine Tante Babette sogar dankbar für diese schreckliche Krankheit, die sie durchleiden musste, die ihr aber gezeigt hatte, dass ihr Frommsein nicht Selbstzweck sein durfte, sondern einzig der Liebe und der Achtsamkeit dienen sollte. Und sie war dankbar für diese tiefere Einsicht, die sie dadurch gewonnen hatte.

Nun hatte sie doch noch alles erledigt, was es zu erledigen gab, und sie war glücklich bis in die Haarspitzen ihres Bubikopfes, den sie nun als Perücke trug.

Aus nix ebbes macha – oder: Wer den Adventskalender erfand

Der Münchner Verleger Gerhard Lang, so behaupten die einen, wäre der Erfinder des Adventskalenders gewesen. Er brachte im Jahre 1903 seinen »Weihnachtskalender« auf den Markt, indem er einen Bogen mit 24 Feldern sowie einen Bogen mit 24 Bildern zum Ausschneiden verkaufte. Die Kinder durften nun an jedem Tag der Adventszeit ein Bildchen ausschneiden und in eines der Felder kleben.

Andere wiederum behaupten, ein evangelischer Pfarrer hätte den Adventskalender erfunden. Er zumindest hatte die Idee, hinter 24 kleinen Türchen, 24 kleine Bildchen aus der biblischen Geschichte zu verbergen, von denen dann an jedem Tag im Advent eines in Augenschein genommen werden durfte.

Hierzulande ist man der Meinung, eine schwäbische Hausfrau, die ihren Kindern 24 einzelne Wibele in winzige Geschenkpäckchen packte, welche sie dann von eins bis vierundzwanzig nummerierte, wäre die wahre Erfinderin des Adventskalenders gewesen.

Ich weiß eine andere Geschichte, auf die ich bei meinen Nachforschungen, irgendwo in einem Dorf auf der rauen

Ostalb, gestoßen bin. Die Wirtin der »Krone« erzählte sie mir. Mehr noch, sie ging mit mir ans Dorfende, bis zu jenem Häusle, das ziemlich heruntergekommen dastand, in welchem aber vor mehr als hundert Jahren jener Maler gelebt haben sollte, der, so die Aussage der Wirtin, den ersten Adventskalender geschaffen hat. Während wir nun vor dem Häusle standen, begann sie mir diese Geschichte zu erzählen: »Sebastian Griesbaum hot er g'hoißa ond ein fescher Leutnant soll er im deutsch-französischa Krieg gwesa sei, der zehn Mädla an oim Fenger ghet hot. De Scheene zum Spaß ond a Reiche zum Heirata. Des war sei Wahlspruch. Aber wie's Leaba halt so spielt, erstens kommts andersch ond zwoitens als ma denkt.«

Die Wirtin machte eine kleine Gedankenpause. Sie nutzte diese für einen Schnäuzer, da sie leicht erkältet war; ich will sie nutzen, um den weiteren Verlauf der Geschichte in der schriftdeutschen Übertragung weiterzuerzählen:

Wie das Leben so spielt, der Leutnant heiratete weder eine Reiche, noch vergnügte er sich mit den schönen Damen, vielmehr verliebte er sich Hals über Kopf in eine arme Bauerntochter, der er, als sein Regiment durch dieses Dorf zog, begegnete. Es war, von allen vier Augen aus betrachtet, Liebe auf den ersten Blick. Die Flüchtigkeit des Moments genügte jedoch zum beiderseitigen Versprechen auf ewig Lieb und Treu, sobald der Krieg denn ein Ende hätte.

Als der Leutnant kurz vor der Gefangennahme Napoleons III. bei Sedan so schwer verwundet wurde, dass er einige Wochen in einem Lazarett zubringen musste, war sein einziger Gedanken: Luisle. So hieß das Bauernmädchen, dem er bald einen Brief schrieb.

Er dachte an sie mehr als an das gewohnte Leben, in das er sich nicht mehr einordnen konnte – da er zum einen für den Militärdienst untauglich geworden war, zum anderen ohnehin schnellstens heiraten wollte.

Im Lazarett begann er wieder mit dem Malen, welches er vor dem Krieg schon aus purer Lust betrieben hatte. Landschaften und einmal sogar den Herrn Pfarrer hatte er da gemalt. Jetzt war es immer das selbe Bild: Sein Luisle. Als ob er sie so festhalten könnte.

Nach seiner Entlassung führte ihn sein erster Weg auf die raue Ostalb, zum Luisle, das auf ihn gewartet hatte.

Bald war die Hochzeit, das wenige Ersparte steckten sie in jenes kleine Häusle, vor dem ich stand. Außerdem kaufte sich Sebastian Griesbaum Farben und Pinsel und Leinwand. Denn er wollte als Maler fortan sein Geld verdienen. Natürlich gibt es wenige Maler, die durch ihre Kunst zu Reichtum und Ansehen gelangen, noch weniger, die es erleben. Die meisten vegetieren doch in Armut dahin, weil sie von den wenigen Aufträgen, die man ihnen wie ein Gnadenbrot reicht, eigentlich nicht existieren können.

So erging es auch Sebastian Griesbaum. Wozu braucht ein Albdorf auch einen Maler. Um die Namen auf die Grabkreuze der Verstorbenen in ordentlicher Kalligraphie zu schreiben. Allenfalls noch, um die Krippenfiguren in der Kirche neu zu bemalen. Von seinen Bildern kaufte lediglich der Kronenwirt eins für seine Gaststube und ein Bild erstand der Lehrer aus der Nachbargemeinde auf Gemeindekosten, fürs Rektoratszimmer. Viel hat Sebastian Griesbaum damit nicht verdient. Aber was machte das schon. Er liebte sein Luisle und die konnte, wie sie selbst sagte, »aus nix ebbes macha«. Aus diesem Nichts zauberte sie Kleidung und Essen und ein glückliches Leben, bis zu dem Tag, an dem sie sehr krank wurde.

Es war im späten November. Schon war der Winter über Nacht mit eisigen Zähnen über das Dorf hergefallen, hatte Schnee und Sorgen mitgebracht und eine Kälte, gegen die man mit dem wenigen Holz, das zum Verfeuern da war, nicht ankommen konnte.

Eine Lungenentzündung, diagnostizierte der Doktor. Helfen konnte er nicht. Er prophezeite im Gegenteil, dass sie Weihnachten nicht erleben würde.

Das war für Sebastian Griesbaum die schrecklichste Stunde, die er bis dahin erlebt hatte. Seine Verwundung bei Sedan war ein Dreck dagegen. Er heulte erst still in sich hinein, dann schrie er seinen Schmerz lauthals heraus, in die Winterlandschaft und himmelwärts. Sein Schmerz schlug in Zorn um und aus dem Zorn wurde Trauer, ehe die Liebe wieder das Heft in die Hand nahm und er überlegte, wie er seinem Luisle die letzten Tage noch schön machen könnte.

Weihnachten war doch ihr liebstes Fest und Heiligabend der wichtigste Tag überhaupt. Und den sollte sie nicht mehr erleben dürfen? Die Kehle schnürte sich ihm zu. Er zitterte. Die Augen füllten sich mit Tränen, als er zu seinen Farben floh und einen Tannenzweig mit einer Kerze auf ein Stückchen Leinwand malte. Das kleine Bild brachte er ihr zur Teezeit ans Bett und sagte: »Damit 's heit scho a bissle Weihnachta isch.«

»Des Kerzle macht richtig warm«, antwortete sie ihm, das Bild betrachtend, »und hell wirds auf oimol em Zemmer.«

Er half ihr jetzt auf, damit sie sitzend ihren Tee trinken konnte. Und als sie wieder schlief, ging er in seine Werkstatt und malte wie ein Besessener ein Bild nach dem anderen, doch alle auf eine einzige, in den Rahmen gespannte Leinwand.

Keines war größer als ein Pfeifenkopf, doch alle leuchteten sie in den fröhlichsten Farben. Als er das Dreiundzwanzigste fertig hatte, machte er sich daran, vierundzwanzig winzige Leinwandstückchen zu nummerieren und wie kleine Vorhänge über die Bildchen zu ziehen.

Damit überraschte er sein Luisle am nächsten Morgen.

»Damit 's jeden Tag no a bissle mehr Weihnachta wird«, flüsterte er ihr ins Ohr. Und das Luisle lächelte, schon irgendwie gesünder als am Abend vorher.

Ich schaute die Wirtin der »Krone«, die zum wiederholten Male in ihr Taschentuch schnäuzte, ungläubig an.

»Glaubat Se 's net?«, fragte sie deshalb unwirsch. »Dann kommet Se mit rei.«

Im nächsten Moment öffnete sie mit einem Schlüssel, der einer Theaterrequisite glich, die Tür und bat mich ins Häusle.

Sie machte ein Fenster auf und klappte die Läden nach außen, dass das Licht in die Stube fallen konnte. Mit einem flüchtigen Kopfnicken deutete sie auf das Objekt über der Truhe.

Da hing er also, der Adventskalender, mit seinen 24 aufgezogenen Vorhängen und jedes der Bildchen leuchtete dahinter noch immer in roten, gelben, ja, in überirdischen Farben.

»Glaubat Se 's jetzt?«, fragte sie.

Ich aber stand nur da und staunte. Es waren so simple, fast einfältige Bildchen und ich brauchte eine Zeit lang, ehe ich den Blick davon wenden und die Wirtin fragen konnte, ob das Luisle noch alle Vorhänge selbst aufgezogen hätte.

»Freilich«, lachte sie da, »ond net bloß oimol.«

Und sie sagte: »Ma ka ao aus nix ebbes macha, wenn ma's bloß richtig macht.«

Da begann ihre verschnupfte rote Nase einen Tropfen zu bilden, unter dem sie, als ich sie fragte, woher sie das alles so genau wüsste, gefallsüchtig antwortete: »'s warad doch meine Urgroßeltra.«

In mir klang das Wort Urgroßeltern noch irgendwie nach, als mich jemand stupste. Es war die Wirtin. Ich sah zu ihr hoch, wie aus dem Schlaf geweckt, und sie sah herunter auf mich, wie auf einen Betrunkenen, den man hinauskomplimentieren will. Wir standen nicht mehr vor dem Häusle des Malers und seinem Luisle; wir befanden uns in der muffigen Gaststube der »Krone« und ich war der einzige Gast.

»Mir machat jetzt zua«, sagte die Wirtin und wollte abkassieren.

Und als sie mich fragte: »Hend Sie jetzt oi oder zwoi Stück Brot zum Wurstsalat ghet«, da dachte ich, es war wohl doch die schwäbische Hausfrau, die 24 Wibele einzeln verpackte, die den Adventskalender erfunden hat.

Unser Adventskranz – oder: Was Kolumbus am 24. Dezember 1492 entdeckte

Später habe ich nachgelesen, dass der Hamburger Oberkirchenrat Johann Heinrich von Wichern, der 1860 in einem Berliner Waisenhaus in der Vorweihnachtszeit einen Kronleuchter aufhängen ließ, auf dem für jeden Tag des Advents eine Kerze aufgesteckt war, als geistiger Vater des Adventskranzes gilt.

Bei unserem Adventskranz, um den wir an den Abenden der Adventssonntage saßen, erinnerte nichts mehr an den Kronleuchter des Hamburger Oberkirchenrats.

Meine beiden Schwestern hatten ihn aus Tannengrün geflochten, vier rote, dicke Kerzen aufgesteckt und ihn mit einem roten Band verziert.

An diesem letzten Adventssonntag, an dem ich die ehrenvolle Aufgabe hatte, alle vier Kerzen anzünden zu dürfen, war mein Onkel Gustl bei uns zu Besuch. Er las uns aus dem Tagebuch des Christoph Kolumbus vor, der mit seiner »Santa Maria« in der Nacht vom 24. auf den 25. Dezember 1492 Schiffbruch erlitten hatte.

Mit stockendem Atem hörten wir unserem Onkel zu, wie das mit dem Schiffbruch vor sich gegangen war, dass ein Boot an Land gesetzt wurde und man die Hilfe des Cacico, so nannte er den König der Einheimischen, in Anspruch nehmen musste, und dass der so selbstlos und liebenswert gewesen war und in Tränen aufgelöst, als hätte er selbst einen Schaden erlitten.

»Sie lieben ihren Nächsten wie sich selbst«, hatte Kolumbus in sein Bordbuch geschrieben, aus dem mein Onkel uns vorlas, »dabei tragen sie stets das sanftmütigste, heiterste Wesen zur Schau, ihre höflichen Reden immer mit einem Lächeln begleitend. Allerdings laufen Männer wie Frauen vollkommen nackt herum, doch können Eure Hoheiten versichert sein, dass sie von untadelhaften Sitten sind.«

Bei diesem Satz fing mein Bruder an zu kichern und mein Bäsle, die schon vierzehn war und bereits einen Busen hatte, wurde rot.

Mein Onkel überging das mit einem behutsam mahnenden »Jetzatle« und las weiter vor, was Kolumbus in sein Bordbuch am 26. Dezember 1492 geschrieben hatte: »Bei Sonnenaufgang erschien heute der Cacico an Bord der ›Nina‹, wo ich mich befand. Beinahe unter Tränen bat er mich, mir keine Sorgen zu machen, er würde mir alle seine Habe geben und habe uns bereits zwei große Hütten zur Verfügung gestellt; wenn nötig, könnten wir auch noch weitere beziehen. Außerdem seien genügend Kanus vorhanden, um alles vom gestrandeten Schiff abzuladen und alle darauf befindlichen Menschen an Land zu schaffen, wenn ich es wünschte. Dies alles bewerkstelligte der Cacico zu nachtschlafender Zeit, ohne dass auch nur ein Körnchen davon abhanden gekommen wäre. So sehr sind diese Menschen frei von jeder Habgier nach fremdem Gute und der König selbst so rechtschaffen.«

Als mein Onkel Gustl etwa eine Stunde später das Bordbuch des Christoph Kolumbus zuklappte, meine Schwester ihm heißen Most in den Krug schüttete und mein Bäsle die erste Kerze, deren Flamme schon bedenklich ans Tannengrün reichte, ausblies, bemerkte er trocken: »Weihnachta ka ma überall fenda, ao do, wo ma's gar net kennt.«

Im folgenden Jahr ist mein Onkel nach Afrika ausgewandert und erst als ich schon erwachsen war, wieder nach Deutschland zurückgekommen.

Wenn ich heute am vierten Advent die vier Kerzen an unserem Adventskranz betrachte, dann denke ich nicht an Johann Heinrich von Wichern, der diesen Brauch wohl in die Wege geleitet hat, sondern an meinen Onkel Gustl, der uns an jenem vierten Advent, vor nun mehr als vier Jahrzehnten, von Christoph Kolumbus erzählte, der im Dezember 1492 Weihnachten entdeckte.

Bretla backa

Spar ruhig mit am Fett
ond spar mit am Zucker,
mit Nüss ond mit Mandla, spar,
wie dr allerärmst Schlucker.
Mehr trockna als backa
hoißt's – drom spar mit dr Hitz!
Doch ois muss dr saga –
ond des isch koi Witz;
bei alle Ingredienza
gäbs was abzumzwacka,
bloß an dr Zeit
sottsch net spara
beim Bretla backa.

Sprengerle

Kriegts koine Füßla, send se z'trocka,
dann legt ma drieber a feichts Duach,
doch machat se sich z'mol auf d'Sogga,
hört ma dr Mamma ihren Fluach:

»Wenn mr no oi Sprengelere drvosprengt,
dann spreng i vor eich Sprengerle drvo,
weils zum Drvosprenga isch mit eich
Sprengerle!«

Drom isch's z'letschte Mol, dass i
Sprengerle mach!
Es sei denn, ihr kriegat Füaßle
wie sich 's ghert!

Ausstecherle

Kaum ein Weihnachtsbuch, in dem nicht vom Bretla backa die Rede ist. Vom Geruch, der durchs Haus zieht wie ein aus den Kindertagen entsprungener Weihnachtsgeist.

Auch ich will deshalb mit meiner Geschichte übers Bretla backa nicht hinterm Berg halten, sondern schütte sie, mit allen Ingredienzen, auf den Gutslesteller meiner Erinnerung:

Meine Oma saß auf dem Sofa und rührte den Teig für die Ausstecherle. Sie konnte stundenlang Teig rühren, stoisch, als wären ihre Arme eigens dazu geschaffen worden. Wie ein Uhrwerk funktionierten die. Da war es für uns Kinder einfach, aus dem fertigen Teig, den meine Mutter uns ausgewellt hatte, Monde, Sterne und kleine Engel auszustechen, die wir dann mit Eigelb bepinselten und mit Liebesperlen verzierten, ehe meine Mutter das Heft wieder in die Hand nahm und das volle Blech in die Küche trug, um es in den Backofen zu schieben.

Da saß dann meine Oma noch immer oder schon wieder in der hintersten Sofaecke der Stube – die wir fürs Bretla backa annektiert hatten, da die Küche nicht ausreichte – mit einer frischen Teigschüssel, in der sie rührte und rührte, wortlos wie immer.

Nur einmal, als mir beim Einsortieren der Bretla in die Weihnachtsdose ein Engelflügel abbrach und ich den Flügel ratlos in den Händen hielt, ehe ich ihn als Versucherle in den Mund schob, da sagte sie: »Flügel, die bräucht i jetzt ao!«

Die hat sie dann auch bekommen, im nächsten Jahr, mitten im Sommer, als sie sich nach dem Nachmittagskaffee noch ein wenig hingelegt hat, aber nicht mehr aufgestanden ist.

Richtig vermisst aber habe ich meine Oma erst, als es wieder Advent wurde und in der Sofaecke niemand mehr saß, der stillschweigend den Teig rührte.

Damals habe ich mir vorgestellt, meine Oma sitzt jetzt mit den Flügeln, die sie sich gewünscht hatte, in der himmlischen

Backstube in irgendeiner äußeren Ecke eines himmlischen Sofas und rührt und rührt.

Und so kommt es, dass wenn ich ans Bretla backa denke, nicht wie die meisten Menschen, Gerüche auferstehen lassen muss; ich brauche meine Oma dazu, die in der Sofaecke sitzt und in der Teigschüssel rührt und rührt.

Eine rührselige Geschichte, ich weiß, im wahrsten Sinne des Wortes! Aber so isch's halt, wenn ma vom Bretla backa vrzählt.

An 's Christkend

Christkend, i dät mir was wenscha!
Fir mei Oma a baar warme Hendscha.
Fir mein Vadder ebbes zum Lesa,
fir mei Mudder Schaufel ond Besa,
fir da Karle a Spiel, ihm isch oft so fad
ond i hädd gern was aus Schoklad.
Mir warad drfür ao 's ganze Johr fleißig.

Es grüßt dich

Dein Klärle

aus Urach, im Dezember 1836

Morga, Kender, wirds was geba

Morga, Kender, wird's was geba,
morga, Kender, isch's soweit!
Schief hängt bald dr häuslich Sega,
denn dann gibt es Stunk und Streit.
Oimol werrad mir noch wach,
gibt's da schensta Weihnachtskrach.

D'Muader glei en aller Frühe
butzt ond schrubbt, nemmt's G'flügel aus.
Jeder gibt sich bsonders Mühe,
ond dr Vadder nemmt Reißaus,
kauft an Christbaum, wie sich's ghert,
denn om siebne wird beschert.

Doch der Kauf will net recht glücka,
's sterrigst Bäumle sucht er aus.
Duats drhoim dann festlich schmücka.
Koi Lametta isch em Haus!
schempft er los, dass's jeder hört,
denn om siebne wird beschert.

Soll i etwa ois stibitza?!,
brüllt er los, rennt aus am Haus.
Kommt er hoim, hot er oin sitza,
goht ens Bett ond schloft sich aus.
D'Oma bruddelt: Unerhört!
Denn om siebne wird beschert.

D'Bretla essa mr erst morga!
D'Muader sagt's, dr Opa flucht:
Moisch, mei Maga wird verdorba,
wenn ma ois scho heit versucht?!
D'Bretlasdos bleibt unversehrt,
denn om siebne wird beschert.

's letschte Türle vom Kalender
isch scho seit heit morga auf.
Draußa schneit's, denn es isch Wender,
's Christkend kommt, ma wartad drauf.
D'Muader schnell no Trepp nakehrt,
denn om siebne wird beschert.

Ulm. 17. Dezember. Abends halbacht

Der Kreis der altgewordenen Geschwister ist geschrumpft ohne meine sterbende Schwester, die zu Hause den Tod erwartet. Er wird heute nicht kommen, nicht wenn wir Weihnachten feiern am 17. Dezember, dem Tag, an dem unsere Stadt in Schutt und Asche zerfiel im Kriegsjahr 1944. Wie lange ist's her! Und meine Geschwister reden darüber, als läge der beißende Brandgeruch noch auf ihren Zungen. Als käme ihnen so leicht wie damals das flehende Gegrüßet-seist-du-Maria über die Lippen, das die Bomben gnädig stimmen sollte.

Am 17. Dezember. 19.23 Uhr erreichte eine Flotte viermotoriger Maschinen des englischen Luftmarschalls Arthur Harris ihr Ziel. Aus 250 Munitionsschächten glitten 96 646 Bomben: 704 Tonnen Brand- und 590 Tonnen Sprengprojektile. 27 Minuten lang rauschte dieser Regen auf Ulm. 707 Menschen fanden den Tod, erstickten, verbrannten oder wurden erschlagen. 613 wurden verletzt, 1933 Brände loderten.

Die Zeitung erinnert daran, jedes Jahr aufs Neue, mit Bildern, die an einen jener Planeten erinnern, auf denen Leben undenkbar scheint.

Mein älterer Bruder liest aus der Feldpost meines Vaters vor: »Lass den Kopf nicht hängen und sei fröhlich mit den Kindern. Ich wäre ja so gerne an Weihnachten zuhause gewesen und hätte dann wieder den Weihnachtsbaum schön schmücken und die Eisenbahn aufstellen können, aber es wird leider nichts.«

Mein Bruder blättert weiter, er hat die Briefe in einem Aktenordner gesammelt, jeden einzelnen der handgeschriebenen Briefe in eine Prospekthülle gesteckt.

»Lieber Schatz, ich möchte dir den Rat geben, wenn der Bunker im Turnerheim gut ist, dann geh lieber dorthin, schon dass er außerhalb der Stadt liegt ist ein Vorteil.«

Zum Glück hat sie Vaters Rat nicht befolgt, ist im eigenen Keller gesessen mit den Kindern, in jener Dezembernacht 1944, und der Großvater hat die Brandbombe noch rechtzeitig löschen können, weil sonst das Haus ein Opfer der Flammen geworden wäre.

Als ich in den Trümmern spielte, waren sie schon kalt. Trümmer zwar noch, aber ohne Glut. Und der Schmerz schien erstarrt. Oder flüchtete sich in Geschichten. Ich hasste die Geschichten vom Krieg. Egal, wer sie erzählte. Den Krieg nicht erlebt zu haben, war ein Makel. Später wurden aus den Kriegsgeschichten dann Rechtfertigungsgeschichten. Und jetzt, da die Eltern tot und die Geschwister alt sind, sind Überlebensgeschichten daraus geworden.

Die Finger der hochgeschossenen Tochter verkrampfen sich auf den schmalen Tasten des Keyboards, dem sie mit einer verbissenen Talentlosigkeit eine Weihnachtsmelodie zu entlocken versucht. Kraut und Kesselfleisch werden aufgefahren und die Gläser noch einmal gefüllt. »Oh du fröhliche« gesungen und »Süßer die Glocken nie klingen«, Vaters Lieblingslied.

Wir feiern Geschwisterweihnacht. Das Singen gehört dazu, wie die Bomben und der 17. Dezember. Und Geschenke, meist Spirituosen, die anschließend über den Tisch gereicht werden, die verschenkt, aber nicht mehr getrunken werden, gehören dazu, bevor ein jeder wieder für ein Jahr lang in seinem eigenen Leben verschwindet.

Der Kreis ist geschrumpft ohne meine sterbende Schwester, die zu Hause den Tod erwartet. Vielleicht kommt er morgen oder nächste Woche, aber nicht heute. An diesem Tag, an dem unsere Stadt in Schutt und Asche fiel, ist kein Platz mehr für ihn.

Rauhnächte – 24. Dezember bis 6. Januar

Lasst Türa zua

Lasst Türa zua ond Läda ronder
en de Zwölfte ond bass auf,
Goister, Seela, wen nemmts Wonder,
treibts draußa rom, onder dr Trauf.

Ond en jedem donkla Wenkel
hockt a Goißfuß ond a Zwerg.
D'Hexa klemmat zwischa d'Schenkel
d'Besa für ihr Hexawerk.

's klopft ond bockelt,'s heult der Wend,
's Vieh isch o'ruhig ond es scharrad,
dr Wode jagt durch d'Luft so gschwend,
wild braust er do ond isch recht narrad.

Denn überall send Fenster zua
ond jedes Schlüsselloch verstopft.
Zwölf Nächt lang lässt er ons koi Ruah,
goistert, heult, fliegt rom ond klopft.

Doch hot sei Jagd amol a Ende,
weil d'Dunkelheit allmählich bricht;
die Zeit der Wintersonnenwende
brengt ons am Ende eba 's Licht.

Warum löscht der Wind eine Lampe aus?

Warum löscht der Wind eine Lampe aus?«, fragte einst Novalis, der Dichter der Romantik. Der Mader Sepp, der als Knecht in den Diensten des Erminger Kirchenbauern stand, kannte den Novalis nicht, aber in der Christnacht, als er unterwegs nach Allewind war und seine Lampe plötzlich ausgeblasen wurde, fragte er sich das auch.

»Warom hot der Wend jetzt mei Lamp ausblosa?«, fragte er also und weil er zudem noch ein sonderbares Pfeifen vernahm, horchte er in die Nacht hinein, die mit einem Male die ganze Landschaft verschluckt hatte. Kaum den Weg konnte der Mader Sepp noch erkennen.

»Leck me am Arsch«, brummte er deshalb.

Weniger aus Verwunderung, eher ärgerlich, oder weil er sich damit beruhigen wollte. Denn geheuer war das Ganze dem Mader Sepp nicht.

»Muss des Vieh ao grad heit kalba«, bruddelte er und haderte mit dem Schicksal, dass die Schwägerin gerade ihn gebeten hatte, bei dieser Niederkunft ihr und der Kuh hilfreich zur Seite zu stehen.

»Ben doch alloi heit«, hatte sie gejammert. Und ihren Knecht, den Bartl, der ohnehin durch Ermingen musste, weil seine Leute in Harthausen daheim waren, gebeten, ihre Bitte dem Mader Sepp zu überbringen.

Sie hatte außer dem Schwager niemand mehr und der Mader Sepp hatte niemand außer seiner Schwägerin, deren Mann, also sein Bruder, vor einem Jahr gestorben war. Dass er allerdings in der Christnacht unterwegs sein musste, das war ihm nicht recht. Da wäre er doch lieber daheim geblieben. Wenn er ansonsten auch mutig war, vor den Rauhnächten und ihren Gespenstern hatte er Respekt.

Niemals würde er in den Zwölften eine Tür laut zuschlagen, denn dies hätte einen Blitzschlag im Sommer zufolge. Er achtete auch darauf, auf kein Zwirnknäuel zu treten, sonst, das wusste er, würde er aussätzig werden. Auch hütete er sich, sein Bett in diesen Tagen im Freien zu lüften; eine schwere Krankheit stünde ins Haus. Jegliche Beschäftigung mit Flachs war zudem strengstens verboten, wollte man nicht Gefahr laufen, dass die Schafe die Drehkrankheit bekämen, die Kinder urplötzlich sabberten, Ratten, Mäuse und Flöhe und obendrein Kröten das Haus bevölkerten.

Am gefährlichsten aber war es, in den Zwölften, und besonders in der Christnacht, unterwegs zu sein. Doch sich vor einer Aufgabe zu drücken, das konnte er nicht und der Schwägerin eine Bitte abschlagen, das konnte der Mader Sepp noch viel weniger.

Von Ermingen nach Allewind war es eine Dreiviertelstunde zu Fuß.

Solange seine Lampe brannte, war ja alles gut gewesen, aber jetzt, da der Wind sie ausgeblasen hatte, war stockfinstere Nacht. Und plötzlich heulten die Wölfe.

»Am Wode seine Wölf«, stotterte er andächtig und stolperte. War das ein Stein, über den er fast gefallen wäre? Von wegen. »A Goißafuaß«, flüsterte der Mader Sepp mit zitternder Stimme sich selber zu, ängstlich und nicht weniger andächtig.

»I han den Goißafuß ganz g'nau gspürt.«

Gleich versuchte er schneller zu gehen, aber wie, wenn man kaum den Weg vor sich sah. Ganz in der Nähe, das wusste er, musste die alte Schlossruine sein. So weit war er doch schon gekommen. Von dort her kam wohl das Heulen. Die Geister des verstorbenen Burggesindes versammelten sich jetzt, es war ja Christnacht, aber wehe, sie würden bei dieser Versammlung gestört werden.

»Also gang langsam ond bleib auf am Weg«, sprach der Mader Sepp sich jetzt selbst Mut zu und wischte sich dabei den Schweiß von der Stirn. Dann betete er ein sorgenvolles

Vaterunser und hängte ein nicht weniger sorgenvolles Gegrüßet-seist-Du-Maria daran.

Er war jetzt neunundzwanzig Jahre alt. Würde er in den Zwölften sterben, würden ihm zwölf Leichen aus dem Dorfe folgen müssen. Das wollte er nicht. Dass der Wind jetzt mit Wodes Wölfen heulte, bedeutete, dass im nächsten Jahr viele der alten Frauen aus seinem Dorfe sterben würden. Vielleicht aber blies der Wind auch nur hier, so würden die Frauen aus dem nächsten Ort, der nun näherrückte, sterben. Eine Beruhigung aber war das nicht.

Da sah der Mader Sepp einen Stern leuchten. Und als er darunter die Lichter von Allewind sah, war er erleichtert. Bald hatte er den Hof erreicht. Die Schwägerin begrüßte ihn mit einem Schnaps.

»'s muss glei so weit sei«, prophezeite sie und ging ihm voraus in den Stall. Da stand die Kuh und kalbte. Und der Mader Sepp half ihr bei der Geburt. Und als das Kalb im Stroh stand und die Kuh es sauberleckte, strahlte die Schwägerin und sagte zu dem Kalb nur: »Oh Christkendle«.

Der Mader Sepp wusste nicht, ob das recht von der Schwägerin war, so etwas zu sagen. Doch dann gingen sie ins Haus und feierten Heiligabend miteinander.

Die Schwägerin trug allerhand auf. Und der Mader Sepp sagte: »Wer an Weihnachta viel isst, dem gohts 's ganze Johr guad.«

Wenn d'Kuh verreckt

Seit einiger Zeit schon war die Rainbäuerin nicht gut auf ihren Mann zu sprechen. Der nämlich hatte, wie sie glaubte, ein Auge auf die neue Magd, die Mäxe geworfen.

Die war aber auch ein ansehnliches Mensch. Gut gewachsen und sauber. Aber doch gottesfürchtig und anständig in jeder Weise. Deshalb konnte die Rainbäuerin ihr auch nichts vorwerfen. Ihrem Mann dagegen umso mehr. Dauernd sah sie ihn um den Rock der Magd herumstreifen. Sah seine gierenden Augen dabei. So hatte er sie lange nicht, wenn überhaupt jemals, angeschaut. Stellte sie ihn zur Rede, was nun einige Male geschah, so wehrte er ab: »Du siehsch doch G'spenster!«

»Komm gang mr weg, Schnallatreiber, elendiger«, sagte sie da.

Und er wehrte sich: »Hutzel, hendelsichtiga!«

Danach verkroch sich wieder jeder hinter seiner Arbeit und ging dem anderen, so gut es ging, aus dem Weg.

Die Geschichte aber ließ der Rainbäuerin keine Ruhe. Sie wollte Klarheit über ihre Zukunft und hoffte, dass sie in einer der Rauhnächte eine Antwort finden würde. Und welche wäre Erfolg versprechender als die Christnacht.

»Mäxe, duasch mr en G'falla?«, fragte sie die Magd.

»Ja freilich, Bäure«, antwortete die Mäxe offenherzig.

»Heit Nacht om Zwölfe, wenn i mit meim Ma en der Christmette ben, gosch en d'Stub ond ziehsch de nackad aus. Koi Angst, es sieht de koiner, du bisch ganz alloi em Haus. Dann nemmsch da Besa ond kehrsch rückwärts von der Tür zum Fenster d'Stub aus. Ond morga vrzählsch mr, was da drbei gseah hosch.«

Die Mäxe versprach es, auch wenn sie den Sinn nicht verstand, aber sie war eben gehorsam und wollte tun, was die Bäuerin ihr anschaffte.

Sie zog sich also, als alle aus dem Hause waren, aus und begann dann eifrig zu kehren. Als sie einmal aufschaute, sah sie plötzlich den Rainbauern am Tisch sitzen. Da kreischte die Mäxe auf, suchte geschwind ihre Scham zu bedecken und rannte völlig aufgelöst in ihre Kammer.

Als die Rainbäuerin von der Christmette nach Hause kam, machte die Mäxe ihr Vorwürfe: »Sie hen doch behauptet, dr Bauer wär en der Kirch. Aber der war drhoim ond isch auf oimol do am Tisch ghockat.«

Da erbleichte die Rainbäuerin und sagte: »Mei Ma war scho mit en dr Kirch, aber i, i muss jetzt bald sterba.«

Und bitter lächelnd fügte sie hinzu: »Wenn d'Kuh verreckt, dann hot's Kälble mehr Platz.«

Im folgenden März starb die Rainbäuerin und die Mäxe nahm ein Jahr später ihre Stelle ein.

Heiliger Abend – 24. Dezember

Alles isch a wenga andersch

Alles isch a wenga andersch,
als ob i da ganza Tag auf
Wolka laufa dät.

's Herz könnt net offener sei,
wie der Stall domols, en
Bethlehem.

Leicht, Christkend,
kasch drenna
auf d'Welt komma.

An Heiligaschei balancier
i auf am Kopf,
den mir a Engel ausglieha hot –
für a baar Stonda.

Gespräch um die Mittagszeit an einem 24. Dezember

»I hoff, du hosch an d'Wunderkerza denkt.«
»So viel, wie i kauft han, kasch du gar net verbrenna.«
»Ond die Lichterkette?«
»Für innen und außen, 24 Kerza werrad doch roicha.«
»Musch se halt guad verdoila. A Dreifachsteckdos brauch mr halt jetzt, wenns Krippele ao a Licht han soll.«
»A fönfachsteckdos han i bsorgt, die war no billiger.«
»Hosch ao an 's Lametta denkt?«
»Drei Päckla han i kauft.«
»Kugla?«
»Goldene, rote ond drei von dene blauglitzrige, die da 's letscht Johr he gmacht hosch!«
»Und wo isch dr Baum?«
»I han doch gwisst, irgend ebbes han i vergessa!«

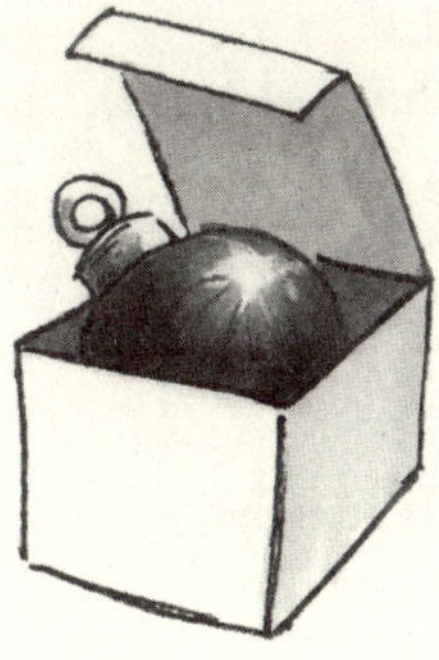

An Christbaum kaufa

Mit am Christbaum musch warta könna!
Am Heiliga Obend schmeißat s'drn noch!
Woisch no, was se letscht Woch no kostet hend?
's Doppelte!
Ond jetzt guck dr den a.
Fönf Mark dr ganze Baum!
Du häddsch doch koin größra wella?
Z'wenig Nodla, moinsch.
Do wirsch nomol froh drieber sei.
Des O'gleiche ka ma z'rechtbiega, ond
wenn dr Christbaumständer net roicht,
ma ka an Baum ao a'benda!
Ond naloina wird sich scho koiner
an den Baum!
D'Kerza sott ma halt möglichst dicht
an da Stamm klemma, damit se net nonderbiegat.
Freilich braucha mr do alle Christbaumkugla,
– onds ganze Lametta,
deshalb hot ma's ja.
Dann isch des ein Christbaum
wie aus am Bilderbuch.
Ond dr ganz Baum für fönf Mark!
Ma muss bloß warta könna,
bis zum Heiliga Obend.
Aber wenn'r dir net gut gnuag isch,
kaufsch'n z'nächst Johr halt wieder
selber!
Bloß für fönf Mark fendasch du
koin Baum.

Kindergebet

Lieber Himmelbabba! – Mach,
dass i net heil heit, sondern lach!
Mach, dass der Tag wirklich guad lauft
und dass dr Babba net viel sauft.
Guck zua, dass wer da Christbaum schmückt
und dass dr Mamma ’s Essa glückt.
Mach, dass se ausnahmsweis net streitat,
ao wenn ma onder Stress heit leidet.
Mach, dass ao d’Oma wieder lacht,
wenns Altersheim Bescherung macht,
dass se, wenn se dr Babba brengt,
an onserm Christbaum weitersengt.
Mach, dass alle Gschenkla bassat,
wenn net, dass se sich tauscha lassat.
Schick deine Engel von dr Höh
ond wenns goht, a bissle Schnee.
Hemmelbabba, erhör mei Gebet,
doch jetzt muss i raus, sonscht komm i z’spät!

Alle Jahre wieder

Alle Jahre wieder, i fends nemme nett:
kommt d'Maria nieder, ond mir hend des Gfrett.

Jedes Johr drei Stropha: Stiiiillle Nacht,
henderm warma Ofa, wird Bescherung gmacht.

Jedes Johr Krawatta, manchmal sieba Stück!
Des isch für mein Gatta doch des reinschte Glück.

Alle Jahre wieder, d'Gans isch viel zu fett,
schnürsch drnoch ao z'Mieder, helfa duat 's mr net.

Jedes Johr d'Verwandte: »Isch des Gschenkle schea!«
D'Nochber ond Bekannte: »'s wär net nötig gwea!«

Bretla, Schnitz und Stolla, guad hosch bacha, Schatz,
isch dr Bauch ao gschwolla, ebbes hot no Platz.

Alle Jahre wieder, so goht's Johr om Johr
isch es ons ao z'wider, seng' mr doch em Chor:

Alle Jahre wieder kommt das Christuskind
auf die Erde nieder, schaut wo Menschen sind.

Kehrt mit seinem Segen ein in jedes Haus,
Weihnachten zu pflegen, ist auch ihm ein Graus!

Am Weihnachtsbaum, die Lichter brennad

Am Weihnachtsbaum, die Lichter brennad
ond alle spennad, bsonders du:
’s kommt doch bloß d’Tante – ach die Verwandte
will i an Weihnachta doch net seah.

Am Weihnachtsbaum, die Lichter brennad
ond alle spennad, bsonders du:
Mit Klaus ond Gitte auf ’ner Skihütte,
des gäb a feichtfröhlichs Weihnachtsfest.

Am Weihnachtsbaum, die Lichter brennad
ond alle spennad, bsonders du:
An Baum mit Kerza wirsch wohl verschmerza,
des ghört zu Weihnachta halt drzua.

’s ghert alles butzt ond alles biegelt,
wenns ao nix nutzt, es ghert sich so,
a bissle senga, do muss me zwenga,
drei, vier, jetzt dua halt net a so.

Am Weihnachtsbaum, die Lichter brennad
ond alle spennad, bsonders du:
Hör auf zum streita, hörsch d’Glocka läuta,
’s isch Heiligobend, so oder so!

Mein Heiliger Abend

Scho wieder Weihnachta! Drbei isch mr's, als wärs grad eba erscht gwesa.« Wenn meine Mutter das sagte, um mir zum wiederholten Male weiszumachen, dass die Zeit ein Wasserfall wäre und so schnell wie die Donau an ihrer engsten Stelle dahinfließen würde, konnte ich sie nur mitleidig anschauen.

Die Zeit, das wusste ich, war ein Strudelteig, der sich endlos ziehen ließ, besonders, wenn man auf irgendetwas wartete, wie zum Beispiel auf das Ende einer Schulstunde.

Damals, als ich in der dritten Klasse war und die Lehrerin, die wir seit neuem hatten, nicht mochte, wusste ich, die Zeit ist eine Trödelsuse, schlimmer noch als die Wachter Hedwig und das will etwas heißen. Nur die Uhrzeiger der Schuluhr, die auf dem Ziffernblatt entlangkrochen wie gebrechliche Greise, konnten die Wachter Hedwig in ihrer Trägheit noch übertreffen.

Wenn meine Mutter davon sprach, wie schnell die Zeit verginge, tat sie mir leid. Sie wusste nicht mehr, wie es draußen in der Welt zuging. Die dritte Klasse hatte sie längst hinter sich.

Trotzig und besserwisserisch, wie ich noch immer bin, will ich ihr mit meiner Geschichte über den Heiligen Abend damals, als ich ein Drittklässler war, widersprechen. Denn endlos lang war dieser Tag und wenn er sich auch wie Strudelteig hinzog, man durfte ja naschen von ihm. Eine Kindheit passte hinein, wenn nicht ein ganzes Leben.

Er begann wie jeder gewöhnliche Tag mit dem Geräusch, das mein Bruder Karlheinz beim Kaffeetrinken verursachte. Der rührte nämlich den Zucker nicht, der schlug ihn in der Tasse hin und her. Ein Glockenschlagen in fis war das. Und scheuchte einen, wenn man noch müde war, förmlich auf. Das Nächste, was mein sich noch im Dämmerzustand befindendes Ohr wahrnahm, waren die schnellen, trippelnden

Schritte meiner Mutter durch die Wohnung. Als ob eine Maus fortwährend von der Küche in die Stube und von der Stube in die Küche unterwegs wäre, unterbrochen nur vom Husten meines Vaters, der damit das morgendliche Geräusch-Trio vervollständigte.

Nach dem Kaffee ging mein Bruder Karlheinz Weihnachtsgeschenke kaufen. Er kaufte sie immer erst am Heiligen Abend. Vorher hatte er keinen Spaß daran. Außerdem musste er auf dem Markt die Gans besorgen.

Bald roch es in der ganzen Wohnung nach Bohnerwachs. Das war mein Vater, der sich am Heiligen Abend immer in die Hausarbeit einmischte. Er tat dabei, als müsse er alles neu erfinden. Klar, dass es Streit gab. Dass mein Vater danach den Christbaum aufstellen und ihn schmücken musste, rettete den häuslichen Frieden. Da konnte er keine Störung dulden, da wäre ihm selbst seine eigene schlechte Laune im Weg gewesen. Ich half ihm kommentarlos beim Lamettaaufhängen. Im Gegensatz zu anderen Kulturen, wo das Lametta in Bündeln über die Zweige geworfen wird, arrangiert man hierzulande die Lamettafäden einzeln. Also musste ich meinem Vater Lamettafaden um Lamettafaden reichen. Und er suchte einen passenden Platz dafür. Das zog sich hin – ohne dass das Lametta danach groß aufgefallen wäre. Die Kugeln dominierten noch immer, selbst die mit Macken, die sich im Hintergrund nur von ihrer makellosen Seite zeigen durften. Zuletzt kamen die Kerzen dran, die aufrecht wie Soldaten stehen mussten, um im Ernstfall das Feuer zu halten.

Unser Krippele verkroch sich indessen unter den untersten Zweigen in aller Bescheidenheit. Die Figuren waren aus Plastilin; der Stall eine Holzschachtel mit Strohdach; damit war kein Staat zu machen. Die große Familien-Krippe meines Großvaters wurde, weil mein Großvater in diesem Jahr gestorben war, bei Onkel Franz und Tante Cilly, die über uns wohnten, aufgestellt. Ich beneidete sie deswegen.

Zum Mittagessen kam mein Bruder Karlheinz mit Geschenken bepackt zurück. Er hatte auch die Gans nicht vergessen. Meine Mutter prüfte das Gewicht und war zufrieden. Mein Vater konnte sich vom Baum erst losreißen, als das Essen schon auf dem Tisch stand. Es war eine kräftige Suppe mit allerlei drin. Obwohl es ein ganz einfaches Mittagessen war, bekam es doch etwas vom Glanz des Tages ab.

Danach gingen wir Kinder ins Kino. Mein Bruder Reinhold, meine Cousine Renate und die Zwillinge vom Nebenhaus. Auch Hedwig Wachter und die Helene aus der Jakobstraße schlossen sich uns an.

Das Kino war eine Dreiviertelstunde weit weg. Hedwig Wachter hatte Mühe mit uns Schritt zu halten. An jeder Ecke blieb sie stehen und wartete völlig sinnlos auf irgendwen oder irgendwas. Welcher Film damals lief, weiß ich nicht mehr. Als das Kino aus war, war es schon dämmrig. Der Heimweg war spannender, als jeder Film es hätte sein können. Jeder Schritt war beseelt von Erwartung.

Unterwegs verloren wir die Wachter Hedwig. Warum blieb sie auch dauernd stehen. Dann verlief sie sich auch noch. Dass sie dem Stern gefolgt wäre, war eine Ausrede.

Zum Abendessen gabs russische Eier. Die gabs nur am Heiligen Abend. Allenfalls noch zu Silvester. Wenn meinem Vater die russischen Eier am Heiligen Abend schmeckten, dann sagte er: »Die kannsch du ohne weiteres ao an Silvester macha.«

Danach gabs Bescherung. Genauer gesagt, drei Bescherungen.

Wir wohnten Parterre, Onkel Franz und Tante Cilly im ersten Stock und meine Großmutter in der ausgebauten Dachwohnung, die vorher die Menscherkammer war. Dort hausten vor dem Umbau die drei Menscher Karin, Suse und Inge.

Die erste Bescherung fand also in der Stube meiner Großmutter Amalie statt. Wir pilgerten im Gänsemarsch in die

Dachwohnung und quetschten uns in das kleine Zimmer, das durch den Weihnachtsbaum und die Geschenke eigentlich schon voll war. Nun drängten auch wir noch dazu. Meine Eltern, meine Brüder Karlheinz und Reinhold, Onkel Franz und Tante Cilly, meine Cousine Renate und freilich meine Großmutter, die uns aufgeregt empfing. Ich stand ganz dicht an dem kleinen Baum und musste aufpassen, dass ich beim Singen die Kerzen nicht auspustete. Mit »Oh du fröhliche« und »Am Weihnachtsbaum die Lichter brennen« begannen wir. Mein Bruder Karlheinz sang sich mit seiner Tenorstimme in den Vordergrund. Ohne seine Stimme aber war eine Bescherung unvorstellbar. Das Geschenkeverteilen dauerte nicht lange. Von meiner Oma bekam ich, wie im Vorjahr, ein paar selbst gestrickte Wollsocken. Ich tat, als wäre ich überrascht.

Danach gings einen Stock tiefer, zu Onkel Franz und Tante Cilly, und zur zweiten Bescherung. Meine Cousine Renate stand jetzt im Mittelpunkt. Sie bekam als Tochter natürlich die meisten Geschenke. Ich bekam die »Deutschen Heldensagen«. Tante Cilly hatte sie mir ausgesucht. Beim Durchblättern vermisste ich die Bilder. Mein Onkel Franz hätte jetzt gerne einen Sohn gehabt, dem er eine Eisenbahn hätte aufbauen können. Aber er hatte eben nur drei Töchter. Renate war die jüngste.

Gesungen wurde auch. »Süßer die Glocken nie klingen« und »Zu Bethlehem geboren«. Mein Bruder Karlheinz summte den ersten Ton vor.

Endlich gings dann in unsere Stube. Klar, dass mein Bruder Reinhold und ich jetzt die Hauptpersonen waren. Meine Eltern natürlich auch, denn ich schenkte meinem Vater einen Drehaschenbecher und meiner Mutter eine Schachtel bunter Wäscheklammern.

Mein Bruder Karlheinz sang jetzt noch besser. »Oh Tannenbaum« stimmte er an, später »Ihr Kinderlein kommet«. Er sang alle anderen an die Wand und wollte auch nach »Stille

Nacht« noch nicht aufhören. Dann kam der große Moment der Bescherung. Mein Vater hatte mir eine Ranch gebastelt, die von Indianern angegriffen wurde. Die Cowboys hatten so gut wie keine Chance. Zwischen den Jahren, das wusste ich schon, würde ich die Heilige Familie, samt Ochs, Esel und Schafe mit einbauen. Die beiden Hirten würden das Jesuskind entführen, die Dreikönige müssten Lösegeld zahlen.

Als jeder in seine Geschenke vertieft die übrige Welt um sich vergaß, wartete meine Mutter mit der Weihnachtsbäckerei auf. Vierzehn verschiedene Sorten waren es in diesem Jahr geworden. Unser damaliger Bundespräsident Theodor Heuss würde das später einmal eine repräsentative Verschwendung nennen.

Da die Ranch belagert war, rüstete ich die Cowboys mit Vorräten aus. Die Belagerung musste nämlich noch eine ganze Zeit lang aufrecht erhalten werden, da die Christmette damals wirklich erst um Mitternacht war.

Unterwegs dorthin überholten wir die Wachter Hedwig. Sie war schon früher losgegangen, weil sie sich einen Platz ganz vorne ausgedacht hatte. Doch musste sie irgendetwas aufgehalten haben, denn als wir die Kirche verließen, saß sie unter der Empore auf der Männerseite. Dort roch es mehr nach Schnaps als nach Weihrauch.

Daheim tischte meine Mutter noch einmal ein Vesper auf. Weißer und roter Schwartenmagen mit viel Senf und Schwarzbrot. Mein Bruder Karlheinz bestand auf einen letzten Schnaps. Meine Mutter verneinte auf Hochdeutsch: »Genug ist genug.« Ich schaute noch einmal auf die Ranch; dort lief alles nach Plan. Die Cowboys hielten, dank der Vorräte, der Belagerung noch stand. So ging ich ins Bett. Morgen war ja wieder so ein Tag. Wenn auch nicht ganz so endlos lang wie heute.

Inzwischen bin ich älter, als meine Mutter es damals war, als sie behauptet hatte, das Leben wäre ein Wasserfall und fließe dahin wie die Donau an ihrer engsten Stelle.

Bis heute aber hat sie mich nicht überzeugen können. Mich nicht und auch nicht die Wachter Hedwig, die vielleicht immer noch am Seiteneingang unserer Kirche steht und darauf wartet, dass am Himmel oben der Stern von Bethlehem erscheint.

Uff dr Schwäbischa Eisabahna

Immer wenn ich die Weihnachtsgeschichte von O. Henry lese, in der die Frau ihre Haare verkauft, damit sie zu Weihnachten ihrem Mann eine Uhrenkette schenken kann; er aber seine Uhr versetzt, um von dem Geld für sie eine Kamm-Garnitur zu kaufen, muss ich an die Geschichte vom Kaupper Josef denken. Vielleicht nur, weil seine Frau, die damals allerdings noch nicht seine Frau war, Maria hieß. Vielleicht aber auch, weil die Geschichte hätte anders ausgehen können.

Den Kaupper Josef hatte es in den letzten Kriegstagen an den Bodensee verschlagen. Ich weiß nicht mehr genau, ob er dort in Kriegsgefangenschaft oder in einem Lazarett war oder ob er für die Amerikaner arbeitete. Sicher ist nur, dass er sich genau dort Hals über Kopf und dazu noch unsterblich in eine Maria verliebt hat. Und sie sich wohl auch in ihn.

Aber wie das Leben so spielt, so richtig zusammengekommen sind sie dort nicht. Erst als der Kaupper Josef wieder zurück nach Ulm musste, die Maria ihren Arbeitsplatz, der ihr wenig genug zum Leben bescherte, nicht verlassen durfte, gestanden sie sich ihre gegenseitige Liebe. Es blieben ihnen aber nach der Trennung nur die Briefe, in denen sie sich sehnsüchtig ein Zusammensein ausmalten.

So vergingen Tage und Wochen. Der Sommer ging, der Herbst kam in bunten Farben, die die Sehnsucht schürten, dann wurde er dunkel und trist; die Sehnsucht aber blieb.

Als der Winter kam und Weihnachten näherrückte, betrachtete der Kaupper Josef sein Erspartes und überlegte, was er seiner Maria davon schenken könnte. Zuerst dachte er an etwas Warmes zum Anziehen, dann an ein Schmuckstück. Etwas Praktisches für den Haushalt zog er noch in Betracht, später ein Parfüm. Als er daran dachte, ihr eine Fotografie von sich zu schenken, kam ihm die Idee, sie mit einem Besuch zu überraschen.

»Dann hot se mi endlich en natura«, dachte er laut. Und kaufte eine Fahrkarte. Am Mittag des Heiligen Abend ging er zum Ulmer Bahnhof und stieg in den Zug ein, der zum Bodensee fuhr.

»Uff dr schwäbischa Eisabahna«, summte und sang er, und die Namen Stuegert, Ulm ond Biberach, Meckabeira, Durlesbach erschienen ihm wie Stationen seines Glückes.

Nun kommt es zuweilen vor, dass Menschen, deren Herzen füreinander schlagen, oft auch die selben Einfälle und Ideen haben. So war es auch in Josef Kauppers Geschichte. Seine Maria hatte sich dieselbe Überraschung ausgedacht, sie hatte sich eine Fahrkarte besorgt und war mittags in Friedrichshafen in den Zug nach Ulm eingestiegen.

Zum Glück hat die Liebe einen eigenen Magnetismus und dieser kam in Biberach, als beide Züge Halt machten, zur Wirkung.

Im selben Augenblick schauten beide aus ihren Abteilfenstern, starrten sich an und erstarrten. Dann aber flohen beide aus ihren Zügen, flohen jeweils in die Arme des anderen, während die Züge in beiden Richtungen davonfuhren.

Da standen sie nun, auf dem Bahnhofsgelände in Biberach.

»Maria, mir suchat ons a Quartier«, schlug der Josef vor.

»'s isch Heiliger Obend. Moisch om die Zeit isch was frei?«

»Probiera mrs halt«, meinte der Josef.

In jenen Tagen war es für ein unverheiratetes Paar überall schwierig ein gemeinsames Hotelzimmer zu bekommen. In Biberach geradezu aussichtslos. Dazu noch am Heiligen Abend, wo jeder ein tadelloses, katholisches Gewissen in die Christmette tragen wollte.

Maria und Josef machten sich aber dennoch auf Herbergssuche.

Sie suchten am Marktplatz und in der Consulentengasse, am Ulmer Tor und um den Gigelturm herum. Erfolg hatten sie nicht. Auch nicht in der Karpfengasse, obwohl das zu Weihnachten ein gutes Omen gewesen wäre. Dann aber, als sie die Hoffnung schon fast aufgegeben hatten, fragten sie in einem kleinen Gasthaus, das eigentlich während der Festtage keine Zimmer vermieten wollte. Die Wirtin stand aber so geschickt am Eingang und hantierte mit einer Girlande, die sich sträubte über die Tür gehängt zu werden.

Sie erzählten der Wirtin ihre Geschichte, die sich, wohl auch weil die beiden Josef und Maria hießen, an die Herbergssuche vor neunzehnhundertfünfundvierzig Jahren erinnerte.

Da öffnete sich ihr Herz für die Liebe und sie öffnete die Tür und wies ihnen ein Zimmer zu. Und fühlte sich dabei wie jener Helfer seinerzeit in Bethlehem. Auch wenn diese Maria von einer Niederkunft noch weit entfernt war.

Die ersten Maßnahmen dazu aber half sie einläuten.

Schofseckel

Vor vielen Jahren lebte ein reicher Kaufmann, der hatte vier Söhne. Der älteste Sohn hieß Eberhard, der Äbbe gerufen wurde. Dann kamen Lorenz und Heiner, der jüngste hieß Jakob, war aber, sofern man ihm freundlich gesinnt war, überall nur der Joggl. Bei denen, die es weniger freundlich mit ihm meinten, und das waren nicht wenige, war er der Bachel oder schlechthin der Schofseckel.

Der Vater war ein strenger Mann. Er wollte, dass seine Söhne so fleißig, so geschickt und einmal so reich werden würden, wie er es war. Ein Kaufmann muss handeln und feilschen. Billig einkaufen und teuer verkaufen. Das war seine Devise.

»Ein Kaufmann hot nix zum verschenka«, war sein Lieblingssatz.

Sein Lieblingssohn war der Äbbe. Er war als Kaufmann schon fast so geschickt wie der Vater. Dann kamen Lorenz und Heiner. Am wenigsten mochte er den Joggl.

»Den Allmachtsbachel kasch bloß d'Schof hüta lassa«, sagte er.

»Er isch halt a Schofseckel«, stimmten die anderen Söhne ihm zu.

Und der Vater schickte den Joggl mit den Schafen auf die Weide. Doch bei den Schafen fühlte der Joggl sich wohl.

Kam der Joggl aber in die Stadt zurück, so hänselten ihn die anderen und wollten sich mit ihm schlagen oder sich mit ihm im Rechnen und Klugschwätzen messen.

Aber der Joggl wich ihnen aus: »Ihr send doch alle gscheiter als i«, sagte er dann oder: »Ihr hend doch meh Kraft als i«.

Als der Vater starb, erbte der Äbbe das Haus und die Waren. Lorenz die Felder und Heiner den Weinberg und das Vieh. Für den Joggl blieben nur ein paar dutzend gehauene Steine und ein paar Bretter übrig sowie ein kleines Stück Wiese draußen vor der Stadt. Dazu zwanzig Silberstücke als Lohn für das Hüten der Schafe.

»Domit könnt ma a Häusle baua«, freute sich der Joggl, »ond an Stall no drzua.«

Und er überlegte, ob er den Stall für die Tiere oder das Haus für sich selber größer machen sollte. Ob er die Bretter oder die Steine für den Stall nehmen sollte oder die Steine fürs Haus und die Bretter für den Stall oder doch umgekehrt.

Weil er sich unschlüssig war, bat er den Äbbe, seinen ältesten Bruder, um Rat.

»Joggl, du bisch ein Schofseckel ond des isch no weit ondertrieba«, antwortete der ihm und ließ ihn stehen, als wäre jedes weitere Wort pure Verschwendung.

»Bau a groß' Häusle und an kloina Stall, damit dei Weib amol drenna Platz hot«, kicherte Lorenz.

»Moinsch wirklich?«, lächelte der Joggl verlegen.

»Welches Mädle will scho an Schofseckel?«, polterte Heiner und brüllte vor Lachen.

Da wurde der Joggl still und auch ein klein wenig traurig.

Und weil die Brüder ihm nicht weiterhalfen, ging er in die Stadt um sich Rat einzuholen. Wenn man Rat brauchte, das wusste er von seinen älteren Brüdern, ging man in den »Goldenen Ochsen«. Zumindest behaupteten sie das jedes Mal, wenn sie eine längere Zeit dort verbracht hatten. Also ging er auch dorthin.

»A Keller isch wichtig, damit a großes Fass Wei Platz hot«, meinte der Wirt vom »Goldenen Ochsen«.

»Bau lieber an groẞa Stall, damit a Ochs drenna Platz hot, dann hosch a Gsellschaft, di zur dir basst«, riet ihm Wolle, der Viehhändler. Und er sagte: »Zu ma Ochsa kommsch leichter als zu ma Weib.«

Die Brüder hatten also doch nicht gelogen, dachte der Joggl und freute sich über den Rat, der ihm hier zuteil wurde, und freute sich, als der Viehhändler gleich einen Ochsen daherbrachte. Der war so dürr, dass ihm die Rippen aus der Haut stachen.

»Jetzt guck dir amol des Prachtexemplar vom ma Ochsa a«, sagte Wolle, der Viehhändler, »der dät doch genau zu dir bassa!«

Die Männer begannen schon hinter Joggls Rücken Witze zu machen und sie tuschelten hinter vorgehaltener Hand: »Der Schofseckel gibt no sei letschtes Erbgeld drfür her!«

Sie tuschelten allerdings sehr leise, denn keiner wollte dem Viehhändler das Geschäft verderben.

Doch der Joggl antwortete zur Überraschung aller: »So domm ben i dann doch net, dass i für den dürra Ochsa so viel zahl.«

Im selben Moment drehte der Ochse sich um und schaute mit seinen, von Natur aus traurigen Ochsenaugen in die Augen des Joggl, der doch in den Augen aller hier anwesenden Personen ein ausgemachter Dummkopf war.

»Tschuldigung«, stotterte der Joggl, dem Ochsen zugewandt, »'s war net so gmoint«. Und dann flüsterte er dem Ochsen heimlich ins Ohr: »I will doch bloß da Preis nondertreiba, damit's no für a Stroh ond a Heu langt.«

Und er zwinkerte ihm zu und dachte sich im Stillen: Joggl, du bisch a Hond.

»Hosch dir's jetzt überlegt?«, fragte Wolle.

»Hosch de zerscht no mit am Ochsa beratschlagt?«, lachten die anderen, doch da fuhr der Joggl ihnen ins Wort: »Ja, i kauf'n, aber Heu ond Stroh für drei Monat musch drzua geba.«

»Abg'macht«, grinste Wolle und besiegelte mit einem Handschlag den Kauf. Die anderen grölten lauthals und der Wirt drängte den Viehhändler, den Handel mit einer Runde Freibier zu feiern.

Als der Joggl den Brüdern von seinem Kauf erzählte, wurden sie böse.

»Am Vadder sei Geld so nauskeia«, beschimpfte ihn Lorenz.

Und sein Bruder Äbbe fluchte: »Jetzt lacht de ganz Stadt über ons. Du brengsch Schande über onser Haus mit deiner Dommheit!«

»Mach, dass zum Deifel kommsch, Schofseckel, elender!«, brüllte Heiner.

Und der Äbbe jagte den Joggl davon und schrie ihm nach: »Verzähl bloß net, aus welchem Haus du stammsch!«

Da nahm der Joggl seine Steine und seine Bretter und lud sie auf den Schafskarren. Den zog der Ochse auf das kleine Stück Land, das draußen vor der Stadt lag und das seit dem Tode des Vaters nun dem Joggl gehörte.

Sie schliefen auf der Wiese, denn es war Sommer und die Nächte waren warm. Tagsüber aber baute Joggl den Stall und das Haus.

Er mauerte und zimmerte von morgens bis in die Nacht. Und als der Herbst kam, waren Stall und Haus fertig.

Etwas windschief, fanden die Leute, die misstrauisch Joggls Arbeit von Zeit zu Zeit beäugt hatten. Aber war einer auch nicht klug, ein Häusle bauen, das konnten hierzulande auch damals schon die Dümmsten.

So ging ein Jahr vorüber. Joggl hütete die Schafe der Städter.

Er hatte ein winziges Haus gebaut und einen geräumigen Stall für seinen Ochsen, dem erzählte er jeden Abend, was er alles erlebt hatte. Und wenn das Wetter schön war, nahm er den Ochsen mit auf die Weide. Dann hatte der Ochse selber etwas zu erzählen.

Und als der Winter wieder nahte, führte Joggl die Schafe der Stadt nicht mehr auf die Weide, denn sie zogen mit der großen Herde ins Tal.

So saß er daheim, in seinem winzigen Haus, das gerade mal Platz für ein schmales Bett bot, und flechtete Weidenkörbe.

Und wenn er genug geflochten hatte, dann schaute er in seinen Stall und fütterte den Ochsen und sprach mit ihm.

Die Jahreszeiten kamen und gingen und die Zeit floss gemächlich dahin wie der Fluss unten im Tale.

Eines Tages aber gab es viel Unruhe in der Stadt, denn alle Welt, so hieß es, solle gezählet werden. Jeder an dem Ort, an dem er geboren wurde. Viele Leute kamen da und gingen wieder. Es waren Kaufleute, Handwerker, Bauern. Reiche und Arme, sogar Bettler darunter.

Die Reichen wohnten in den teuren Gasthäusern, die weniger Reichen in billigen Herbergen. Draußen, im Freien, wollten nicht einmal die Bettler mehr schlafen, denn schon zeigte der Winter des Nachts seine eisigen Zähne.

Eines Abends, es war schon spät und längst dunkel, fragte ein Mann den Joggl nach dem kürzesten Weg in die Stadt. Eine Frau war bei ihm, die ritt auf einem Esel.

»Wie weit isch's no en d'Stadt?«, fragte der Mann.

»Nemme weit«, antwortete der Joggl ihm.

»Mir dädat a Bleibe sucha fir d'Nacht.«

»Mit de Wirtschafta, do kenn i mi aus«, sagte der Joggl und dachte an seine Erfahrungen, die er im »Goldenen Ochsen« gemacht hatte. »Wenn ihr wellat«, sagte er deshalb, »breng i eich en da 'Goldena Ochsa'.«

Die Frau auf dem Esel reichte dem Joggl die Hand und sagte nur ein einziges Wort: »Danke!«

Aber das traf den Joggl. Es traf ihn mitten ins Herz. Und doch konnte er nur verlegen sagen: »I han doch nix anders zum doa grad!«

Als sie unterwegs in die Stadt waren, erzählte der Mann dem Joggl: »'s könnt leicht sei, dass mei Weib heit no ihr Kend kriegt.« – »Dann nix wie en da 'Goldene Ochsa'«, sagte der Joggl und ging einen Schritt schneller.

Da lachte die Frau auf dem Esel so herzlich, dass der Joggl sich nach ihr umdrehte.

»Was hot se?«, wunderte er sich.

»Sie denkt sich bestimmt, der Nama ›Goldener Ochsa‹, der basst. Denn ois sollsch wissa: Des Kend, des se kriegt, wird dr neie König sei, auf den ma solang scho gwartet hot.«

»Leck me am Arsch«, wollte der Joggl da, voller Staunen, ausrufen. Doch dem Joggl verschlug es die Sprache.

In der Stadt angekommen, in der trotz der späten Stunde noch ein reges Treiben herrschte, gingen sie schnurstracks zum »Goldenen Ochsen«.

»I brauchs gröschte Zemmer fir die Leit«, sagte der Joggl dem Wirt, während die beiden angekündigten Gäste vor dem Wirtshaus warteten.

»Auf die hend mir grad gwartet, Schofseckel«, antwortete der Wirt und beäugte die beiden, die von den Strapazen der Reise sichtlich gezeichnet waren, durchs Fenster.

»Was brengsch denn do drher?«, sagte der Wirt deshalb abschätzig.

»Die Frau soll heit Nacht no ihr Kend kriega«, verriet ihm der Joggl weiter und um Eindruck zu schinden fügte er hinzu: »'s wird dr neie König der Welt sei!«

Da riss dem Wirt der Geduldsfaden, denn angesichts der vielen Arbeit, die diese Volkszählung mit sich brachte, hatte er für derlei Unfug heute kein Verständnis.

»Du hosch scho an Haufa Schofsdreck drhergschwätzt, aber des übertrifft wirklich alles«, schrie ihn der Wirt an und die, die das mitangehört hatten, schimpften ihn, wie so oft schon, einen Schofseckel.

Der Joggl aber ging still und traurig zurück und berichtete: »Leider alles voll, nix zum macha. Net amol für an König.«

Er versuchte es jetzt noch in den Herbergen, die einfacher und günstiger schienen. Aber auch dort jagte man ihn zum Teufel. Schließlich versuchte er es noch beim Viehhändler, beim Bäcker und Metzger und beim Schuster. Aber niemand wollte den neuen König willkommen heißen. Traurig und ratlos gestand er schließlich: »I glaub, i han's falsch a'packt.«

Da lächelte die Frau auf dem Esel und sagte: »Ons isch jede Unterkunft recht, 's wär bloß gut, wenn's net grad em Freia wär. Ond pressiera däts halt ao.«

»I han bloß a Haus, wo gradmol a Bettlad neibasst, die aber so schmal isch, dass ma sich netmol omdreha ka. Ond dann halt mei Stall, der isch zwar größer ond scheener, aber doch koin Platz für an König.«

Die Frau auf dem Esel beruhigte ihn: »Sei Reich wird net von dieser Welt sei, und er wird net ema Palast, sondern en de Herza der Menscha wohna. Drom breng ons no en dein Stall.«

Joggl zauderte, er überlegte, ob es nicht doch noch eine bessere Unterkunft als seinen Stall gäbe. Aber ihm fiel keine ein. So blieb ihm nichts weiter übrig, als die Gäste in sein mehr als bescheidenes Heim zu führen.

Aber wie sah das jetzt aus?

Es war ihm, als strahlten Haus und Stall in goldenem Glanz. Und die Luft klang nach Harfenspiel und Engelsgesang und es roch dabei nach süßem Backwerk, so, wie man es nur zu Weihnachten kennt.

»Leck me am Arsch«, staunte der Joggl und diesmal war sein Staunen nicht leise. Er jubelte es förmlich heraus.

»Mei Häusle isch vornehmer als dr ›Goldene Ochsa‹«, sagte er.

»Es soll ja ao a König drenna auf d'Welt komma«, lächelte die Frau.

»Ich hoff bloß, dass es warm gnuag isch«, hatte der Joggl Bedenken, als er den Mann, die Frau und den Esel in den Stall bat. Und ging ihnen mit einer Laterne voraus.

»Dann semmer halt so frei«, sagte die Frau und folgte ihm.

Der Ochse drehte sich um, scharrte zwei-, dreimal mit den Hufen. Der Esel gesellte sich zu ihm.

Gleich brachte der Joggl Heu und Stroh und dann ging er leise vor die Tür, um noch einmal den Glanz zu betrachten, den seine Hütte umgab. Als Ausdruck seiner himmlischen Freude posaunte er ein von Herzen kommendes »Leck me am Arsch« in die besternte Nacht.

Und als er wieder in den Stall schaute, da war der neue König geboren. Er lag in einer Krippe, in ein weißes Tuch gewickelt.

Die Frau lag erschöpft im Strohbett und schlief. Der Mann wachte neben ihr. Als er den Joggl erblickte, reichte er ihm dankend die Hand.

Da wachte die Frau auf und auch sie dankte dem Joggl. »Dein Stall ond dei Herz isch sei erste Wohnstatt«, sagte sie.

Da hatte der Joggl Angst, sein Herz würde vor Glück gleich zerspringen.

In der Stadt, die Bethlehem hieß, hatte niemand die Ankunft des neuen Königs bemerkt.

Aber nun war es dem Joggl gerade recht. Denn wer weiß, am Ende wären sie ihm vielleicht neidisch gewesen. Das aber hätte er wirklich nicht gewollt.

Weihnachten – 25. und 26. Dezember

Kauflada

Heit hend bloß d'Kaufläda
von de Kender auf.
Do fendsch alles, was da brauchsch.
Ond zahla duasch mit Spielgeld.
Wenn d'Gans auf da Tisch kommt,
isch Mittagspause.
Drnoch gohts Gschäft weiter,
bis da erwachsa bisch.

Weihnachtsmorgen

Dr Heiligobend hockt no a weng
degamäßig onderm Christbaum.
's Gschenkpapier, ao glattbiegelt;
heit isch's scho wieder vom letschta Weihnachta.
Ohne Gschenkpapier send Gschenk bloß irgendwelche
Sacha.
Auspackt wird alles zum Alltag.
's Stauna isch aus jedem Gsicht verschwonda,
wie der Stern, der gestern no g'leuchtet hot.
Ma guckt eher verlega ens Krippele nei.
's Essa macht heit den Feiertag aus.
Scho wieder en d'Kirch wär fast z'viel,
wie an Schnaps auf nüchterna Maga.
Weihnachta fangt a ond isch doch scho wieder rom.

Weihnachtspost

Wer schreibt denn heit no an Brief?«, jammerte die Enderle Gudrun, die früher einmal Deutschlehrerin gewesen war.

Die Postbotin, die eine Werbesendung brachte, stimmte ihr zu: »Richtige Brief gibts heit selta. De ganz Welt telefoniert doch bloß no. Schickt E-Mails oder a SMS auf's Handy.«

»So isch's«, bemerkte die ehemalige Lehrerin, die so ungefähr wusste, dass eine E-Mail ein Brief war, den man im Computer liest, und eine SMS eine kurze, meist sinnlose Nachricht auf dem Display mobiler Telefone. Denn wenn sie auch alt war, von gestern war die Enderle Gudrun nicht. Hatte sie doch Zeit ihres Lebens mit jenen Generationen zu tun gehabt, die der ihren immer widerstrebender folgten.

Sie war in jeder Hinsicht aufgeschlossen, neuen Ideen stets zugetan. Freier Glaube, freie Wahlen, freie Liebe; keine Freiheit war ihr zu viel. Jede Erneuerung hieß sie willkommen, jedem Fortschritt sah sie neugierig ins Gesicht. Freilich, die Welt wurde davon nicht besser, das wusste sie. Besonders wenn es Weihnachten wurde. Da floh sie dann in ihre Vergangenheitskiste, kramte die alten Weihnachtsbriefe hervor und las sie wieder und wieder, am liebsten bei Kerzenschein.

»Net amol mehr Weihnachtskarta schreibt ma sich heit no«, sinnierte die Enderle Gudrun, nachdenklich und auch ein wenig melancholisch, denn sie hatte bereits die Weihnachtsbriefe ihres gesamten Lebens durchgeblättert. Und wollte sie auch die alten Zeiten nicht wiederhaben, Weihnachten früher, das war doch noch etwas anderes.

Als ihr die Postbotin am nächsten Morgen einen Brief und keine Werbesendung brachte, war die Enderle Gudrun überrascht und obendrein glücklich. Es war ein Weihnachtsbrief, das konnte sie riechen. Dazu war er handgeschrieben, auch die Adresse.

Mit einem Brieföffner öffnete sie sorgsam das Kuvert, faltete den Brief auseinander und las:

Christtag früh. Es ist Nacht, liebe Gudrun, ich bin aufgestanden, um bei Lichte morgens wieder zu schreiben, das mir angenehme Erinnerungen voriger Zeiten zurückruft; ich habe mir Coffee machen lassen, den Festtag zu ehren, und will dir schreiben bis es Tag ist. Der Türmer hat sein Lied schon geblasen, ich wachte drüber auf. Gelobet seist du, Jesu Christ. Ich hab diese Zeit des Jahrs gar lieb, die Lieder, die man singt; und die Kälte, die eingefallen ist, machen mich vollends vergnügt. Ich habe gestern einen herrlichen Tag gehabt, ich fürchtete für den heutigen, aber der ist auch gut begonnen und da ist mir's fürs enden nicht Angst. Gestern, liebe Gudrun, war ich mit einigen guten Jungens auf dem Lande, unsre Lustbarkeit war sehr laut, und Geschrei und Gelächter von Anfang zu Ende. Das taugt sonst nichts für die kommende Stunde, doch was können die heiligen Götter nicht wenden, wenns ihnen beliebt, sie gaben mir einen frohen Abend, ich hatte keinen Wein getrunken, mein Aug war ganz unbefangen über die Natur. Nun muss ich dir sagen, das ist immer eine Sympathie für meine Seele, wenn die Sonne lang hinunter ist und die Nacht von Morgen herauf nach Nord und Süd um sich gegriffen hat, und nur noch ein dämmernder Kreis vom Abend heraufleuchtet. Als ich über den Markt ging und die vielen Lichter und Spielsachen sah, dachte ich an dich.

Die Torschließer kommen vom Bürgermeister und rasseln mit Schlüsseln. Das erste Grau des Tages kommt mir über des Nachbars Haus, und die Glocken läuten eine Christliche Gemeinde zusammen. Wohl ich bin erbaut hier oben auf meiner Stube, die ich lang nicht so lieb hatte als jetzt. Sie ist mit den glücklichsten Bildern ausgeziert, die mir freundlichen Guten Morgen sagen. Sieben Köpfe nach Raphael, eingegeben vom lebendigen Geiste, einen davon hab ich nachgezeichnet und bin zufrieden damit, obgleich nicht froh.

Nun Adjeu, es ist hell Licht. Gott sei bei dir, wie ich bei dir bin. Der Tag ist festlich angefangen. Leb wohl und denk an mich.

Dein
Johann Wolfgang von Goethe

Als die Enderle Gudrun zu Ende gelesen hatte, konnte sie einige Tränen nicht aufhalten. Sie tropften auf den Weihnachtsbrief und verwischten die Tinte an einigen Stellen.

»Do hot mr jemand a scheena Freid g'macht«, sagte sie leise in den beginnenden Tag hinein, nun fest davon überzeugt, dass Weihnachten weit entfernt jeder Zeit liegt ...

Der Weihnachtsengel

Die Kindheit birgt viele Gemeinheiten. Eine davon waren die kratzenden Wollstrümpfe, mit denen ich Winter für Winter gequält wurde. Sie waren der bittere Preis für die Schlittenfahrten im Fallenstock, jener steil abfallenden Wiese, zu der wir, wenn genügend Schnee lag, mit Schlitten und in kratzigen Wollstrümpfen zogen. Doch was nahmen wir nicht alles in Kauf. Selbst ein unfreiwilliges Bad im Mühlbach, in welchem man unweigerlich landete, schlug man nicht beizeiten eine scharfe Rechtskurve ein, um dem Schlitten die notwendige Richtungsänderung zu geben.

Einmal bin auch ich im Mühlbach gelandet. Das kalte Wasser raubte mir für einen Augenblick die Luft. Da halfen auch die Wollstrümpfe nicht. Ich aber lachte, denn ich wollte kein Spielverderber sein. Geheult habe ich dann später daheim, als die eingefrorenen Gliedmaßen in der Wärme allmählich wieder auftauten.

Weihnachten darauf, als der Heilige Abend mich mit Schnee und mein Schwager Siegfried mich mit einem Paar Ski überraschte, wurde meine Freude darüber einzig von der Vorstellung an die Wollstrümpfe gedämpft, die ich nun wieder tragen sollte.

Ich schaute deshalb flehend zu dem Weihnachtsengel am Christbaum, von dem ich wohl Hilfe erwartete. Aus einer ungeheuren Fülle blonder Locken lachte da ein Gesicht hervor und lachte mich an. Oder lachte es mich aus? Ich dachte an die Wollstrümpfe. Jetzt kehrte mir der Engel den Rücken, sodass ich allein seine Flügel wahrnehmen konnte. Und als er sich erneut zu mir drehte, da fiel mir das grüne Tuch auf, welches er wie eine Schärpe um den Bauch gewickelt hatte, aus dem ein festliches Tannengrün spross, und dann fiel mir auf, dass er mich plötzlich anblinzelte.

Vielleicht hätte ich auf ein Wunder spekuliert, wenn nicht im gleichen Augenblick meine Mutter zur Weihnachtsgans gerufen hätte. Da hatten andere Wunder vorerst keinen Platz. Die Gans war ein Weihnachtswunder, von dem mir jedenfalls ein Stück zustand.

Aber so recht hatte ich an der Gans kein Vergnügen. Der Augenblick, da ich mir die Wollstrümpfe über die Füße und Waden bis hoch über die Schenkel ziehen musste, rückte näher.

Während ich meinen Wollstrümpfegedanken nachhing, sprang meine Mutter wie von der Tarantel gestochen auf. Das war nichts Besonderes; es geschah immer dann, wenn sie irgendetwas vergessen hatte, das ihr dann plötzlich wieder einfiel. Und weil meine Mutter immer irgendetwas vergessen hatte, was ihr dann irgendwann plötzlich wieder einfiel, wunderte sich auch niemand darüber. Ja, es wurde kaum zur Kenntnis genommen. Auch ich schaute erst auf, als sie aus dem Schlafzimmer zurückkam und mir ein Geschenkpäckchen über den Tisch reichte.

»'s Weihnachtsengale hot no was abgeba für di«, sagte sie.

Da war allen klar, dass sie wieder einmal ein Weihnachtsgeschenk im Schrank vergessen hatte.

Weil das Geschenk für mich war, legte ich Messer und Gabel zur Seite und öffnete erwartungsfroh das Päckchen, das sich sehr weich anfühlte. Eine lange, baumwollene Unterhose der Firma Schiesser kam heraus.

»Jetzt brauchsch koine Kratzstrümpf mehr a'zieh«, sagte meine Mutter und lächelte.

Es dauerte eine Weile, ehe ich begriffen hatte, welch wunderbares Geschenk mir da zuteil wurde, und verlegen schaute ich zu dem Weihnachtsengel rüber, der aus seiner blonden Lockenpracht mich anlachte, mit dem Gesicht meiner Mutter.

Das Pfefferkuchenmännle –
ein schwäbisches Märchen

Wie lang daurat des denn no«, bruddelte das Pfefferkuchenmännle ungeduldig, als Maiers Walburga ihm, nachdem sie ihn bereits mit einem Zitronenguss glasiert hatte, auch noch mit dem Eiweißspritzer einen Bart hinzaubern musste. Und jetzt bekamen auch noch die Mütze, der Mantelsaum, inklusive dem Mantelärmelsaum, eine weiße Pelzverzierung.

Kaum fertig, wurde das Pfefferkuchenmännle schon wieder ungeduldig. Das Blech, auf dem es lag, war zwar bereits am erkalten, doch dem Pfefferkuchenmännle war es immer noch zu warm und obendrein zu hart.

»Lass mi ronder«, quengelte es deshalb. »Heilandsack, lass me doch ronder!«

»Oh, ihr Männer send doch alle gleich, ond wenn'r bloß aus ma Lebkuchadoig send« lachte Maiers Walburga und nahm den Lebkuchenmann vom Blech.

Dass Männer ungeduldig waren, wusste sie aus der Zeit, als der ihre noch lebte. Nichts konnte ihm schnell genug gehen. Selbst das Sterben nicht. Nun saß sie allein mit der Tochter, ihrer Ingrid, da und mit einem Korb voller Sorgen und Ängste.

Zum Glück schlief Ingrid jetzt. Im kleinen Zimmer neben der Küche, das sie ihr hergerichtet hatte, damit sie ein wenig von dem mitbekam, was in der Küche so passierte. Bei den Ausstecherle hatte sie noch mithelfen können, da ging es ihr noch leidlich. Aber dann kam das Fieber und mit ihm ein ständiges Erbrechen. Unzählige Wadenwickel hatte Maiers Walburga bei ihrer Tochter angewendet, Kräutertees gekocht und dutzende Gegrüßet-seist-du-Maria zur Mutter Gottes gebetet. Gesund war sie nicht geworden, aber jetzt schlief sie zumindest und das schon seit Stunden, und auch das Fieber war wohl, wie sie glaubte und hoffte, ein klein wenig gesunken.

Mit dem Lebkuchenmann in den Händen schaute sie jetzt in die kleine Kammer, wo ihre Ingrid noch immer schlief.

»Lass me ronder«, quengelte der noch immer.

Ach, wie hatte sich ihre Ingrid den Lebkuchenmann gewünscht.

»Back mr a Pfefferkuchamännle, sonscht wünsch i mir nix zu Weihnachta«, hatte sie der Mutter gesagt.

Mit ihrer ganzen Liebe hatte da Maiers Walburga den Zucker mit den Eiern schaumig gerührt, Orangeat und Zitronat, Mandeln und Haselnüsse fein gehackt und dazugegeben. Weder Kardamom noch eine Prise Muskatblüte vergessen. Das Hirschhornsalz in der Milch aufgelöst, das Mehl dazugemischt und dann den Teig zugedeckt im kühlen Schlafzimmer ruhen lassen.

Als sie tags darauf den Teig dann ausgerollt hat, um daraus den Pfefferkuchenmann zu formen, ist ihr dann und wann schon eine Träne in den Teig getropft.

Aber jetzt war er fertig und sie war neugierig, was ihre Tochter zu ihm sagen würde.

»Lass me ronder«, quengelte der Pfefferkuchenmann und hätte, wenn er gekonnt hätte, gestrampelt.

Da rührt man seine ganze Liebe und die Sorgen dazu in den Teig und heraus kommt ein unausstehlicher Pfefferkuchenmann.

So ungefähr muss Maiers Walburga gedacht haben, als sie den Quengler auf den kleinen Tisch neben Ingrids Bett stellte.

»Wenn da aufwachsch, dann siehsch'n glei«, flüsterte sie ihrer Tochter zu und ging zurück in die Küche, um das ganze Backzeug wegzuräumen.

Der Pfefferkuchenmann schaute ihr noch nach, dann richtete sich sein Blick auf das schlafende Kind und im selben Moment begann er wieder zu quengeln: »Wie b'stellt ond net abg'holt, komm i mir vor.« Dann brummte er irgendetwas Unflätiges in seinen Zuckergussbart mit Zitronengeschmack.

Davon wachte die kranke Ingrid auf.

»Isch's scho Weihnachta?«, fragte sie den Pfefferkuchenmann.

»Koi Ahnung«, antwortete der ungehalten.

»Wahrscheinlich scho«, sagte Ingrid, »denn so a scheen's Pfefferkuchamännle kriegt ma doch bloß zu Weihnachta.«

»Awa«, sagte der Pfefferkuchenmann, leicht errötend, und wehrte verunsichert ab: »'s gibts scho no Scheenere wie mi.«

»Gwieß net, ganz gwieß net«, lachte Ingrid und nahm den Lebkuchenmann in die Hände, um ihn genauer zu betrachten.

»I ka me gar net an dir satt seh«, fuhr sie fort ihm weitere Komplimente zu machen. Dann nahm sie ihn in ihre Arme, wiegte ihn ein wenig darin und küsste ihn schließlich.

Erst erstarrte der Pfefferkuchenmann, dann schlug er die Liebeserklärung mit einem beschämten »Awa« in den Wind.

Aber Amors Pfeil hatte ihn bereits getroffen, denn der Pfefferkuchenmann lächelte Ingrid jetzt verliebt an, und dann erzählte er ihr, ausschweifend, wie es ist, als Pfefferkuchenmännle Weihnachten erleben zu dürfen.

»Sauguad gohts oim do«, gestand er der kranken Ingrid und war verliebt wie ein Gockel.

Den ganzen Weihnachtstag verbrachten sie zusammen, hörten die Weihnachtsglocken, die die Gläubigen in die Kirche riefen, und winkten den Schneeflocken auf ihrem Flug zur Erde zu.

Als Maiers Walburga nach der kranken Tochter schaute und sie so vergnügt mit dem Lebkuchenmann im Arm sah, war sie froh.

»G'fällt'r dir denn?«, fragte sie.

»I könnt'n fressa«, antwortete die Tochter.

»Dua dr koin Zwang a«, freute sich da der Lebkuchenmann und streckte Ingrid seinen Kopf entgegen. Und er lachte dabei: »Beiß ab, wenn da net willsch, dass i drvolauf!«

Ingrid begann zaghaft am Saum des Mantels zu nagen. Ach, wie wunderbar schmeckte der. Dann, schon zielstrebiger, aß sie mit bestem Appetit den ganzen Mantel inklusive der Ärmel und aß sich hoch bis zum Bartansatz.

Als sie aber zu essen aufhörte, meinte das Pfefferkuchenmännle ärgerlich: »Hosch jetzt scho gnuag von mir?«

»Noi, noi«, beruhigte ihn das Mädchen und knabberte weiter, bis nichts mehr von dem Lebkuchenmann übrig war.

Jetzt war auch das Pfefferkuchenmännle glücklich, denn Ingrids Magen war doch ein gar zu schöner Ort, so nah an ihrem Herzen.

Für drei Bretla, an Topf Schmalz

Komm, jetzt fang mr a zum Senga,
kommat her, stellat eich auf,
Weihnachtsständle well' mr brenga,
Stroph für Stroph, lega mr drauf.
Für a Lacha, a guads Wort,
spielat mir an jedem Ort.
|: Für drei Bretla, an Topf Schmalz,
sengat mir aus vollem Hals. :|

Drom macht auf jetzt Tür ond Tora,
machat auf, lassat ons rei,
öffnets Herz ond spitzat Ohra,
Weihnachtslieder sollats sei.
Für a Lacha, a guads Wort,
spielat mir an jedem Ort.
|: Für drei Bretla, an Topf Schmalz,
sengat mir aus vollem Hals. :|

G'frierat d'Händ ond g'frierat d'Fieß eich,
onsre Lieder haltat warm,
drom schickat mir Weihnachtsgrieß eich,
wer net zuhört, der isch arm.
Für a Lacha, a guads Wort,
spielat mir an jedem Ort.
|: Für drei Bretla, an Topf Schmalz,
sengat mir aus vollem Hals. :|

Jetzt wärs die rechte Zeit

Wenns Weihnacht wird, dann wirds mir alloi so oagnehm.
Wenn d'Kälte klirrt, dann bitt' i, mach's dir bei mir bequem.
Jetzat, jetzat, jetzt wärs die rechte Zeit!

Sagsch: Morga dätsch me bsucha, do kämsch zu mir ens Heim,
versprichsch a Stückla Kucha, doch mach i mir mein Reim:
Jetzat, jetzat, jetzt wärs die rechte Zeit!

Schneits draußa große Flocka, dann werr i wieder kloi,
willsch net zu mir nahocka, i ben heit ganz alloi.
Jetzat, jetzat, jetzt wärs die rechte Zeit!

Bloß für a halbes Stündle, wärsch net drzua bereit,
doch aus deim süßa Mündle hoißts: Bald isch es so weit.
Jetzat, jetzat, jetzt wärs die rechte Zeit!

Es wird in Gottes Garta, ao mol mei Wiesle gmäht,
wirsch doch net solang warta, dann käm dei Bsüachle z'spät.
Jetzat, jetzat, jetzt wärs die rechte Zeit!

Buchhändlers Weihnachten

Während die Natur sich mit einem Großteil der Tierwelt sowie mit den Bauern der umliegenden Dörfer in den Winterschlaf zurückzieht, der übrige Rest der christlichen Menschheit sich in den äußersten Winkel eines nicht gänzlich erforschten Daseins verkriecht, welchen er, missverstanden, Besinnung nennt, erwacht der Buchhändler aus der Lethargie seines Alltags und plumpst in einen ihm, im ersten Moment, ungewohnten Zustand. Es ist eine Art euphorische Hektik, die man in der Fachsprache auch als Weihnachtsgeschäft bezeichnet.

Welche Faszination das buchhändlerische Weihnachtsgeschäft auf den Buchhändler selbst ausüben kann, das lernte ich von meinem Lehrherrn, dem Ulmer Buchhändler Albert Hofmann; er hat mich damit infiziert und für ein Leben lang süchtig gemacht. Deshalb sei diese Geschichte ihm, in aller Dankbarkeit, gewidmet.

Zugegeben, es gab ansonsten nicht viel, was mein Lehrherr mir beibringen konnte. Doch das lag einzig an mir. Ich war aus so anderem Holze geschnitzt; und als ich das begriff, wusste ich auch, niemals würde ich es als Buchhändler so weit bringen können wie er.

Allein seine umsichtige Sparsamkeit, bei der kein Gummiring und keine Büroklammer verloren gehen durfte, kein einziges Blatt Einwickelpapier zweckentfremdete Verwendung erfuhr. Nie konnte ich dem nacheifern. Er sparte an allem und jedem, nicht aber, wie es heute erstes Gebot ist, am Personal. Personal hatte er immer im Überfluss. Es war sein Heer im Kampf gegen den Kundenstrom, das er stets aufrüstete. Und ich war glücklich, als auch ich von meiner Einberufung erfuhr.

Das Fachbuch war sein liebstes Kind. Architektur und Baustatik, Elektrotechnik und Maschinenbau. Das hatte

Hand und Fuß. Hoch- und Tiefbau, das waren Themen. Die wurden verstanden. Anders als diese Dichter, die er nicht liebte, die für mich aber allein der Grund waren, warum ich Buchhändler werden wollte. Zwar zollte er den großen Werken der Literatur Respekt, wirklich lieben aber konnte er nur das Fachbuch, allen voran das naturwissenschaftliche, denn das hatte ihm Wohlstand und seiner Firma den Titel »Erste Buchhandlung am Platze« eingebracht.

Wenn der Dezember und mit ihm das Weihnachtsgeschäft nahte, verteilte er seine Liebe gerechter. Plötzlich waren ihm auch das Kinderbuch, der Unterhaltungsroman, die Gesammelten Werke, das »Große Einmaleins des Koch- und Backvergnügens« willkommene Gefährten, die er anpries, sachkundig empfahl, aussuchen ließ und hinterher, wenn gewünscht, persönlich in Weihnachtspapier packte.

Da ich im Januar meine Lehre begann, musste es erst Dezember werden, ehe ich an die Front, sprich zum Bedienen geschickt wurde. Bald schon erfuhr ich, was es hieß, aktiv am Erfüllen der Weihnachtswünsche vollkommen anonymer Mitmenschen mitzuwirken: Hier ein Kinderbuch für einen Dreijährigen, dort einen nicht zu schwierigen Roman für eine belesene Großmutter, die aber nicht mehr gut sieht. Eine Bibelübersetzung, aber nicht unbedingt die vom Luther. Eine Gedichtsammlung, aber nur mit Gedichten, die sich auch reimen. Eine günstige Werkausgabe Jean Pauls, die aber auch die Briefe enthält. Ein Bildband über die Schwäbische Alb, wenn möglich nur von der Ostalb. »A kloins Büchle«, bloß so als Dreingabe.

Den ganzen Tag, vom Morgen bis in die Nacht, wurde man so zum Mitwisser, zum Komplizen und Helfer, ja, zum Mitschenker der weihnachtlichen Gaben, die ja das Band unter den Menschen festigen sollen. Und inmitten unseres mit Euphorie beflügelten Unternehmens stand Albert Hofmann, mein Lehrherr, wie ein Turm in der Schlacht. Lange bevor sein Fußvolk noch gemächlich eintrudelte, stand er schon auf der Brücke, kommandierte, nein, dirigierte er sein williges Orchester.

Nur in der Mittagsstunde verschwand er für eine Weile in seine einen Steinwurf entfernte Wohnung, um die Diätkost seiner Frau und den verordneten Zehnminutenschlaf einzunehmen.

Dann übernahm er wieder das Ruder, segelte das Schiff auf Erfolgskurs, ehe er müde aber glücklich zum Zapfenstreich antrat, den er selbst blies.

Ich weiß nicht, ob ich das damals schon richtig verstanden habe. Heute aber weiß ich, es war nicht die Gier nach Umsätzen, die ihn beflügelte. Die hochgepeitschte Euphorie, mit der er letztlich auch uns ansteckte und mit der ich nun Jahrzehnte schon, in der eigenen, viel kleineren Buchhandlung den Dezember verbringe, war nichts als die Sehnsucht, am Weihnachtsglück eines jeden Menschen auf eine, wenn auch flüchtige Weise mitwirken zu wollen.

Klar, dass ihm für die eigenen Geschenke keine Zeit blieb.

Doch weil er nicht mit leeren Händen dastehen wollte, legte er seiner Frau die Januarhefte der beiden Modezeitschriften, die sie abonniert hatte und die wegen der Feiertage aber schon früher erschienen waren, unter den Weihnachtsbaum und sagte, um Freude und Überraschung mit ihr zu teilen:

»Gell, domit häddsch jetzt net g'rechnet.«

Om Weihnachta rom –
Ein Märchen

Manche Begegnungen sind nur an Weihnachten möglich.

Personen: Ludwig, genannt Lude,
Helga, seine Frau,
Mechthild

Bild: Weihnachtsmarkt. Fußgängerzone. Mechthild, eine Stadtstreicherin, sitzt mit bereitgestelltem Hut und mit einem Schild »Habe Hunger« vor einem Schaufenster. Weihnachtliche Klänge als Hintergrundmusik. In unmittelbarer Nähe telefoniert Ludwig per Handy mit seiner Frau.

Lude: Helga! I ben jetzt vor am Goldschmied. Ja, du, die Uhr g'fällt mr. Ja, i han se mr a'guckt. Doch doch, du, die g'fällt mir. Ja, des isch prima, dass ao d'Mondständ a'geba send ond dass onda nomol a kloina Uhr isch, die a'zoigt, wie spät's jetzt en New York isch. Ja, des ka ma emmer amol braucha. Dr Sekondazoiger isch ja a weng nervös, aber des gibt sich mit dr Zeit. Doch, also, wenn da mit de Kender zammalegsch, noch kennat ihr mir die Uhr zu Weihnachta schenka. Ja, i han no a bissle ebbes zum b'sorga. Noi, brauchsch net bressiera. Probier no en aller Ruhe dia Obendkloider durch ond kauf den Bikini für d'Tatjana. Dann wirsch ja en vierzg Minuta wieder do sei. *(Pause)* Net? Ja, dann eba en ra Dreiviertelstond. Ja, ja, des Gold isch genau richtig, doch, doch, genau de richtige Karat, do mach dr no koine Gedanka. Also bis später.

Er verstaut sein Handy, liest das Schild »Habe Hunger«, kramt in der Tasche nach Kleingeld und wirft eine Mark in den Hut der Stadtstreicherin.

Mechthild: Danke, Lude!

Lude erschrickt, betrachtet die Stadtstreicherin, bis er sie erkennt.

Lude: *(Unsicher)* Mechthild?

Mechthild: Ganz recht. I han de glei kennt. Wie da do mit deim Handy gschwätzt hosch. Ganz der Lude, han i mir denkt, genau wie früher.

Lude: Also di hädd i jetzt nemme kennt.

Mechthild: Weil da me gar net a'guckt hosch. Wer guckt scho oina recht a, dia en dr Fußgängerzone hockt ond bettelt. De meiste hend mit am Weggucka gnuag zum doa.

Lude: *(Verwirrt)* Mechthild, des isch wirklich, wie soll i saga, a Überraschung, do ben i jetzt ganz, ja, wie soll i saga ...

Mechthild: Sprachlos vor lauter Fraid!

Lude: Überrascht ben i – ond verwirrt.

Mechthild: Wie domols, woisch no, wo da stondalang vor onserm Haus rauf ond ronder g'laufa bisch, en dr Hoffnung, i guck amol zum Fenster naus. Ond wenn i dann nausguckt han ond »Lude!« zu dr nondergschrie ond g'lacht han, noch hosch schier koi Wörtle mehr rausbrocht.

Lude: Dass du des no alles woisch!

Mechthild: Herrgott, warsch du verknallt en mi. Ond drbei han i mir gar nix aus dir g'macht. 's war vielleicht a Fehler.

Lude: Du, i han jetzt wenig Zeit, weil i no a baar Besorgunga für Weihnachta ...

Mechthild: Lass de no net aufhalda. Dein Obolus gega's schlechte G'wissa hosch ja geba.

Lude: I han koi schlecht's G'wissa.

Mechthild: Du wärsch dr erste, der kois hot, Lude. A jeder hot's, wenn er so jemand wie mi do sitza sieht.

Lude: Es liegt an oim selber, wenn's mit oim so weit kommt.

Mechthild: Do kasch scho recht han, Lude, aber des schlechte G'wissa isch trotzdem do. I woiß ja ao net, warom. Aber es isch do, ond des isch onser Kapital.

Lude: Wie goht's dr denn so?

Mechthild: I ka net klaga, ond dir?

Lude: Sehr gut! Ja, d' Verdauung spielt ab ond zu amol verrückt, aber sonscht isch alles beschtens.

Mechthild: A Lehr en dr Sparkass hosch domols a'gfanga, stemmt's?

Lude: Ond fertig g'macht ond weiterg'macht ond ... Aber dir, also wenn i di so a'guck, dir goht's bestimmt net guad, des kasch mr doch net weismacha.

Mechthild: 's kommt emmer drauf a, was ma vom Leaba verlangt.

Lude: Mechthild, komm, drenka mr auf am Weihnachtsmarkt an Glühwein mitnander. I ka so net mit dir schwätza, ond dann no des Schild »Habe Hunger«, komm Mechtild, komm, do hanna isch glei der Stand, wo's an Glühwein gibt.

Mechthild: Du hosch scheints scho lang koin Honger mehr ghet, sonscht dät de des Schild net so scheniera.

Lude: Hör mr auf, Mechthild, verhongra duat bei ons koiner.

Mechthild: Also guad, hosch ja recht.

Lude: *(Spöttisch)* Habe Hunger?!

Mechthild: Des isch psychologisch, Lude. Ond bei weitem besser als zum Beispiel: Obdachlos ohne Verschulden. Oder: Bin ohne Arbeit und Wohnung. Do müssat d'Leit z'viel nochdenka. Des berührt se net wirklich. Aber: Habe Hunger! Des trifft sofort. Midda en de oigane Maganerva. A Mark, dass oiner net hongra muss, di gibt ma leichter, als a Arbat oder a Wohnung.

Du hosch mr doch ao a Mark ...

Lude: A Mark duat mir net weh ond dr ander ...

Mechthild: ... ka sich an Lebkucha kaufa drvo, für da gröbschte Honger, isch net a so?

Lude: Jetzt komm, auf am Weihnachtsmarkt drieba schwätzt sich's leichter.

Mechthild: I ka net so mir nix dir nix do weg. Heit isch viel los. Wie sagat ihr nomol drzua: Großkampftag!

Lude: Also Mechthild, des kannsch wirklich net vergleicha.

Mechthild: Om Weihnachta rom, do lauft a G'schäft, ond a bissle drvo ao bei ons.

Lude: Komm, i zahl dir dein Verdienstausfall.

Mechthild: Ond wenn mir den Platz oiner wegnemmt? Oms Nomgucka ka des bassiera. Ja, ao bei ons gibt's an, wie sagat ihr, an Wettbewerb. Wenn mir drbei ao net ieber Leicha gangat.

Also guad, weil's du bisch Lude, ond weil i dr no was schuldig ben.

Lude: Du bisch mir nix schuldig.

Mechthild steht auf, nimmt dabei das Geld aus dem Hut, lässt ihre anderen Sachen aber stehen.

Mechthild: An Kuss han dr versprocha! Woisch es nemme?

Lude schüttelt den Kopf.

Mechthild: I han mit dir om an Kuss g'wettet, dass i schneller wie du zu ma Häusle komm.

Lude: Mir hend anno '78 baut ond send '79 eizoga.

Mechthild: Siehsch, do han i mei Häusle scho wieder verkauft ghet.

Lude: Schwätz net raus.

Mechthild: Ganz em Ernst. Koi Villa, aber a Häusle. Also? *(Kommt ihm näher, bricht aber ihr »Angebot« ab.)* Koi Angscht Lude, i woiß, meine Küss zählad nix mehr, sie send, wie hoißt's en dr Hochfinanz: »inflationär«. Aber drfür lad i di zu ma Glühwein ei.

Lude: Awa, den Glühwein zahl i.

Mechthild: Des dät dir so bassa. Hosch heit scho gnuag Ausgaba mit mir ghet.

Lude: Mach de net luschtig. I han's ao net emmer leicht ghet. 's war a stoiniger Weg, bis i des werra ben, was i heit ben.

Mechthild: Was bisch denn, Lude?

Lude: Direktor der Bausparkasse. Überregional, mit alle Zweigstella, verstohsch.

Mechthild holt für beide Glühwein.

Mechthild: Do drauf drengga mr jetzt, Lude. *(Trinkt.)* Oh, der duat guad, bei der Kälte.

Lude: Des duat er. Prost, Mechthild. Warom bisch denn, verstand me richtig, i will net indiskret ...

Mechthild: Warom i auf dr Stroß g'landat ben, willsch wissa?

Lude: Ja, so han i's net ausdrücka wella.

Mechthild: Schenier de no net: Willsch a ma Buckliga schmoichla, muasch sein Buckel streichla.

Lude: Sag scho.

Mechthild: Bald nach dr Schual han i g'heiradet. Da Ebner Klaus.

Lude: Der aus dr zehnta Klass?

Mechthild: Genau den. Heirat nia oin aus dr zehnta Klass. Hot scho d'Bilger Gabi g'sagt. Aber i han net auf se g'hört. Sondern han an g'heiradet, den Lompastrick. Weil er's verstanda hot, oims Maul wässrig zum macha. I mach dr a Leaba, do isch all Dag Sonntag ond Weihnachta, hot er g'sagt.

Lude: Ond?

Mechthild: Zwoi Kender hot er mir g'macht, des war alles, drnoch isch er auf ond drvo.

Lude: Ond deine Kender?

Mechthild: Auf ond drvo. Net amol an Weihnachta lassat se sich mehr seah.

Lude: Hör mir auf mit de Kender. Herrgott, i muss doch no fir mein Jonga des neie Computerspiel kaufa.

Mechthild: An Bua hosch.

Lude: Ja, Ludwig hemmern dauft, aber net nach mir, sondern nach meim Vater. Des goht scho seit Generationa so. Ond's Mädle hoißt Tatjana.

Mechthild: Nach dr Mutter?

Lude: Noi, so hot die Dengs do g'hoißa, en der Fernsehserie, i komm jetzt nemme drauf. Auf jeden Fall wünscht die sich an neia Sattel für ihr Pferd. Ond an Bikini, aber den sucht d'Helga, mei Frau, raus.

Mechthild: An Sohn ond a Dochter hosch also, genau wie i. Bloß, dass de meine von mir nix zu Weihnachta wellat.

Lude: De meine könnat da Hals net voll gnua griega. Aber sollat se, se hend's ja ao net leicht heitzutag.

Mechthild: I muss neamad was kaufa. Am Done an Schnaps vielleicht ond für da Karle a jesas Drom Wurst, damit der über d'Feierdäg kommt.

Lude: Die Wunschzettel send länger, als dr Bart vom Niklaus. Ach, der Weihnachtsstress nemmt oim de ganz Weihnachtsstimmung. Ach, Mechthild, entschuldige, wenn i di onterbrocha han, verzähl weiter, wie's dir ganga isch.

Mechthild: Was soll dr verzähla? Überall, wo was los war, war i halt drbei. Ond i han g'wisst, wie ma zu

Geld kommt. Mei Häusle han i bald beinander ghet. Aber der Klaus, Klausi han an grufa, hot's durchbrocht, en weniger als drei Monat. Dann isch er auf ond drvo.

Lude: Des hädd i net von am denkt, domols, wie er no en dr zehnta Klass war.

Mechthild: I ao net. Aber d'Bilger Gabi hot's wohl g'ahnt. Nemm koin aus dr zehnta Klass, hot se g'sagt.

Lude: Ma hört nia auf d'beschta Freindin.

Mechthild: Dann han i meine Kender halt am Obend großziega müssa, tagsüber war i em Supermarkt an dr Kass. Zehn Johr lang. Noch hend se en Haufa Leit entlassa, ond do war i ao drbei. Weil i halt überall drbei war. D'Kender send zu de Großeltra zoga, denn i han bald d'Miete nemme zahla könna, scho ben i auf dr Stroß g'standa. Mei Lude, des isch a G'fühl. Wenn da's g'wöhnt bisch, obends en dei Wohnung zum ganga, ond wenn se ao no so *(stockt)* unkomfortabel isch, aber du woisch doch emmer, wo na. Ond auf oimol versuch'sch irgendwie die Nacht romzumbrenga. Bahhof, onder de Brücka, oder sonst wo. Em Sommer isch leichter, aber dr Wender isch hart.

Lude: Du, wenn i dir irgendwie helfa ka?

Mechthild: Es gibt aber ao a anders G'fühl. Oins, des du freilich net verstanda kasch. Du brauch'sch de om nix mehr zum kümmra, als om dei bissle Essa, ond wo da schlofsch. Alles andere isch wie weg, ond du selber nemmsch de ao nemme so wichtig, dass dr eibildesch, ohne di dät d'Welt sich net dreha.

Das Handy meldet sich.

Lude: Entschuldige, Mechthild.

Lude telefoniert.

Lude: Helga! Was, du bisch scho fertig, ond den Bikini hosch ao scho. Du, i net. Noi, i han no gar net g'sucht. I han a alda Klassakameradin troffa, ja, ganz zufällig vor am Goldschmied. Noi, net em Lada, drvor. Ond jetzt send mr auf am Weihnachtsmarkt ond drenkad an Glühwein mitnander. Du, i ben am ersta Stand. Ja, Eingang Nikolausgasse, des isch de zwoit nach dr Engelgass. Des fendasch du scho. Also bis später, brauch'sch aber net hetza.

Mechthild: Du Lude, i muss z'rück an mein Platz. Außerdem machat mi di Weihnachtslieder ... verstohsch, do grieg i mein Moralischa. Em Grond gnomma, woisch, ben i halt doch a ganz sentimentale Gois.

Lude: Do bleibsch, Mechthild. Brauchsch nemme bettla. I helf dr wieder auf d'Füß. Grad, weil Weihnachta isch.

Mechthild: I stand auf boide fest drauf, Lude. Ao wenn's net so aussieht.

Lude: Awa! A A'fangskapital von a baar tausend Mark, zinslos natürlich. Ond dann sucha mr a Arbat ond a kloina Wohnung für di. Ond scho bisch aus am Gröbschta dussa.

Mechthild: I mach koine Schulda mehr en dem Leaba. Meine letschte han i grad z'rückzahlt.

Lude: Des hosch du no net, Mechthild.

Mechthild: Han i doch!

Lude: Om an Kuss hemmer g'wettat.

Mechthild: Lude, dir graust wohl vor gar nix?

Lude: An Kuss ond net weniger, so wie mir g'wettat hend.

Mechthild: *(Kommt ihm zaghaft näher)* Du hosch's net andersch wella.

Mechthild küsst Lude. Lude hält sie fest. In diesem Moment kommt Helga.

Helga: *(Empört)* Ludwig!

Lude: Des isch d'Mechthild. Ein Jugendschwarm von mir.

Helga: *(Zittert vor Erregung)* Ludwig! Du hosch grad, i han's genau gseah ...

Lude: A alda Wettschuld beglicha.

Helga: Du?

Lude: Noi, d 'Mechthild. I han no an Kuss bei ihr gut ghet.

Helga: Schämsch de du net. Mit ra ... Hosch überhaupt des Computerspiel für da Ludwig?

Lude: Noi, no net.

Helga: Hosch no net amol des Computerspiel für da Ludwig ond läsch de von ra ...

Lude: ... alda Schulfreindin ...

Helga: ... abknutscha! Auf da Mund. Pfui Deifel! *(Weinerlich)* Ond hosch no net amol des Computerspiel für da Ludwig zu Weihnachta ...

Lude: Ond no koin Sattel für da Gaul!

Mechthild: I muss jetzt sowieso an mein Platz, bevor eahn a andrer einemmt.

Lude: Es isch das Fest der Liebe, Helga. Also kommt Mechthild am Heiliga Obend zu ons.

Helga: Noi!

Lude: Doch!

Mechthild: 's isch nett g'moint von dir, Lude.

Helga: Aber wahrscheinlich hot se scho andere Verpflichtunga.

Mechthild: Do hend se recht. I ka se ao nemme absage. Dr Done rechnat mit meim Schnaps ond dr Karle mit ma mords Drom Wurst.

Lude: Mechthild, mein Angebot bleibt.

Mechthild: I überleg mr's über d'Feierdäg. Vielleicht komm i nächstes Johr auf dei Angebot z'rück. *(Deutet aufs Handy.)* Telefonisch bisch ja emmer erreichbar. *(Drückt Lude an sich.)* Schöne Weihnachta, Lude. *(Zu Helga)* Ihne ao!

Lude: Schöne Weihnachta, Mechthild. Ond wenn dr nochher oiner a bissle mehr wie sonscht en da Hut schmeißt, kauf dr was Warms.

Mechthild geht.

Helga: I guck jetzt selber nach dem Sattel. Di ka ma ja net losschicka.

Lude: Aber die Uhr, Helga, die ihr mir zu Weihnachta hend schenka wella, isch nix für mi. Wenn i nämlich da Mondstand wissa will, guck i en da Hemmel nauf. Außerdem isch es mir scheißegal, wie spät's jetzt en New York isch.

Die Weihnachtsglocken läuten.

Lude: Wie viel's bei ons g'schlaga hot, dodrauf kommt's a.

Silvester – 31. Dezember

Jahreswende

’s alde Johr halt’ mr en Ehra,
’s neie soll sich erscht bewähra!

Vorsätze und Nachgedanken

Jeder Satz a Vorsatz.
Ab morga wird sich dra
g’halda.

Heit lassa mr d’Sau nomol raus;
auf der reita mr ens neie Johr
nieber.

Was mr morga für Kerle send,
drvo kasch heit bloß träume.

Mit am neie Johr
verhält sich’s gradso:

Stoiguad wird des!

Doch ’s alde, hädd i ao et
missa möga.

Die Silvesternacht

Es war gut, dass der Umsatz, den ich mit meinem Kaufladen zwischen den Jahren machte, beträchtlich war. Gut für mich, aber auch für die Drogerie Endres, in die ich das ganze Geld trug, um dafür Silvesterkracher zu kaufen.

Auch wenn meine beiden Großmütter, denen ich den Umsatz zu verdanken hatte, von dieser Geldanlage wenig begeistert waren; meine Mutter mir die hungernden Negerkinder in Afrika, an die ich nicht dachte, vorhielt; mein Vater schimpfte: »Wie ka ma bloß 's Geld so en d'Luft pulvra!«, und mein Bruder mir sein Sparbuch, in welchem regelmäßige Einzahlungen notiert waren, unter die Nase hielt; abhalten davon konnte mich keiner.

Zu verlockend waren die grünen Knallfrösche, die schlanken, silberfarbenen Pfeifer, die Chinakracher und Schwärmer, vor allem aber der bauchige Kanonenschlag mit seiner bedrohlich nach oben gereckten Lunte.

Niemals hätte ich auf diese Kostbarkeiten verzichten mögen, auch wenn sie an diesem Tage zum Ärgernis der Familie wurden, und mein Vater mir, als Strafe, die Ananas-Bowle vorenthalten wollte.

Eine Maßnahme, die alle Familienmitglieder, außer mein Großvater, begrüßten. Er nämlich zeigte als einziger Verständnis und verteidigte mich mit dem Argument, das Silvesterkrachen vertreibe die bösen Geister. Überhaupt bestand er jetzt darauf, den Losungen der Silvesternacht etwas mehr Respekt zu zollen.

»Hängt no a Wäsch auf dr Bühne?«, fragte er meine Mutter deshalb.

»Bettwäsch halt«, antwortete sie unwirsch, denn sie duldete nicht, dass sich irgendwer in ihren Haushalt mischte.

»Wenn se über Nacht hänga bleibt, gibts a O'glück em nächsta Johr«, sagte mein Großvater darauf.

Wir saßen zwar schon beim Abendessen, aber meine Mutter, die sich nicht lange bitten lassen wollte, stand auf, um, allen Zweifeln zum Trotz, die Wäsche vom Dachboden zu holen.

Da hielt sie mein Großvater zurück: »Halt amol, zerscht gucka mr, ob jeder an Schatta wirft. Wem sei Schatta fehlt, der sitzt beim nächsta Silvester nemme mit am Tisch.«

Zum Glück konnte jeder seinen Schatten ausmachen und meine Mutter konnte getrost die Wäsche abhängen.

An diesem Silvesterabend hatte mein Großvater noch eine ganze Reihe brauchbarer, über Jahrhunderte weg erprobter Maßnahmen parat, Weisheiten, die, wie er uns versicherte, allesamt einem tiefverwurzelten Volksglauben entsprangen. Dem Glauben unserer Ahnen und Urahnen, dem wir uns, wollten wir das Band nicht zerreißen, anschließen sollten.

Vielleicht hätte er meinem Bruder nicht sagen dürfen, dass der, der zuerst den Glockenschlag des Silvesterläutens vernimmt, im folgenden Jahr zu Reichtum gelangt; mein Bruder hätte mit uns, wie immer, aufs neue Jahr angestoßen und wäre nicht schon minutenlang vorher draußen, mit gespitzten Ohren, auf der Lauer gelegen. Und hätte mein Großvater nicht behauptet, wer nicht beim zwölften Glockenschlag von einem Tisch oder einem Stuhl herunterspringt, hat kein Glück im nächsten Jahr, man hätte den Hausarzt in der Silvesternacht nicht herbemühen müssen.

Als meine Großmutter jedoch anfing sich auszuziehen, weil mein Großvater ihr Hoffnung machte, dass ihre Gicht geheilt werden würde, wenn sie in der Silvesternacht nackt auf dem Gottesacker das Moos von den hölzernen Kreuzen hole, wurde es meinem Vater zu viel.

»Jetzt lassat dem Bua halt seine Kracher«, sagte er genervt. Und schenkte mir von der Ananas-Bowle ein.

Bilanz – oder: Z'letscht gohts Leaba emmer auf

Bilanz zu ziehen war eine Eigenart der Stollmaier Gertrud, die sie alljährlich zu Silvester pflegte.

Dieses Charakteristikum teilt sie wohl mit einem Großteil der zivilisierten Menschheit. Wer will nicht ein Jahr, das im Begriff steht, sich in die Erinnerung zu verabschieden, noch einmal genauer betrachten?

Die Stollmaier Gertrud ging in ihrer Betrachtung jedoch weit über das vergangene Jahr hinaus; ihr ganzes Leben ließ sie Silvester für Silvester Revue passieren. So, als hätte das vergangene Jahr die vorherigen vielleicht noch einmal korrigiert.

Meist saß sie dabei hinter irgendeinem Fenster und schaute in die Welt hinaus, mit der sie abrechnete, mit der sie aber auch im Reinen sein wollte. »Nur nix offalassa«, meinte sie dann zu sich selber und zog einen Schlussstrich, der freilich nur ein vorläufiger sein konnte, denn in 365 Tagen würde es ja wieder Silvester werden.

Abschließend betrachtete sie das Ergebnis ihrer Bilanz, das sie in der Vergangenheit nie ganz zufrieden stellen konnte, weshalb sie die gemalte Buchhalternase der Welt auch immer mit einer Spur von Aufruhr entgegenstreckte. In diesem Jahr aber schien ihr das Ergebnis gerecht und zu ihren Gunsten ausgefallen zu sein, denn sie unterschrieb es mit den Worten: »Z'letscht gohts Leaba emmer auf.«

Nun konnten die Glocken das neue Jahr einläuten; sie hatte ihre Arbeit getan, sie hatte sich, wie zu jedem Silvester, den Film ihres bescheidenen Lebens angeschaut ...

... Die Stollmaier Gertrud hätte gerne studiert und wäre am liebsten Lehrerin geworden. Aber da war die Gärtnerei der Eltern, in die sie eingespannt war und die sie einmal übernehmen sollte. Also wurde ihr nahe gelegt, einen Gärtner zu ehelichen. Und möglichst einen ansässigen Gärtner, also einen Söflinger, denn die Söflinger Gärtnereien waren weithin bekannt, wenn nicht berühmt. Söflinger Tomaten, Söflinger Gurken, Söflinger Zwiebel und die Krönung war der Söflinger Rettich. Wie sollte da die Stollmaier Gertrud all das auf der Habenseite angereicherte je aufwiegen können mit dem kleinen und großen Einmaleins, das sie irgendwelchen Rotznasen beibringen wollte. Ein Söflinger Gärtner aber, das war die leibhaftige Krönung, dagegen war selbst der Söflinger Rettich nur ein kleiner, scharfer Zwerg.

Also heiratete sie einen, dessen Gärtnerei geschickterweise an die der Stollmaiers grenzte. Weniger aus Liebe, noch weniger waren Expansionstriebe im Spiel; eine andere Eigenart der Stollmaier Gertrud war schuld, und die hieß schlichtweg Gehorsam.

So war sie also den Eltern gehorsam und feierte – mit Söflinger Tomaten, Söflinger Gurken, Söflinger Zwiebeln und Söflinger Rettichen – eine Hochzeit, wie man sie in Söflingen bis dato noch nicht gesehen hatte. Ein Zug geschmückter Gespanne, Zwei-, Vier- und gar Sechsspänner, mit all dem Söflinger Gemüse verziert, welches den Ort berühmt gemacht hatte, zog von der Kirche ins Turnerheim hoch, wo im Festsaal für hundert und mehr geladene Gäste gedeckt war.

Dennoch fiel Gertrud Stollmaiers Bilanz, der Ersten, die sie erstellte, in jenem Jahr, in der Silvesternacht, als ihre Ehe gerade einmal sechs Monate zählte, nicht gut aus. Nichts stimmte. Nichts ging auf. Sie war weder mit sich, noch mit der Welt im Reinen.

Nun hatte sie ihrem Mann zu gehorchen. Was der alles von ihr wollte! Nur arbeiten, das wollte er nicht. Sie dafür war doppelt geplagt. Und fand keinen Trost. Nicht einmal bei den Gurken, Tomaten, Zwiebeln und Rettichen, die sie großzog wie Kinder, um sie dann an die Welt auszuliefern. Und ihre Welt, das war der Wochenmarkt jeden Mittwoch und jeden

Samstag. All die Jahre hindurch, zu allen Jahreszeiten, bei jedem Wetter.

Richtiger Kindersegen blieb ihr verwehrt, ein Umstand, der in all den Bilanzen, die nun folgten, schwer auf dem Schuldenberg des Schicksals lastete. Da wog auch der Tod des Mannes, den sie in der Habenspalte ihrer Bilanz verbuchte, nicht viel auf.

Es wurde Frühling und Sommer. Sie wurde krank und wieder gesund. Es wurde Herbst und Winter, und immer wieder wurde es Silvester, der Tag, an dem sie Bilanz zog, um mit sich und der Welt ins Reine zu kommen.

In diesem Jahr wurde die Gärtnerei verkauft. Andere sollten jetzt dafür sorgen, dass die Söflinger Gurken, Tomaten, Zwiebel und vor allem der Söflinger Rettich ihren Ruf behielten.

Sie hatte im Clarissenhof ein schönes Zimmer bekommen. Morgen würde sie mit dem Altenchor, den sie gleich nach ihrem Eintritt gegründet hatte, ein paar Lieder für Dreikönig einstudieren. Als Könige und Sternsinger wollten sie für die übrigen Bewohner ein Dreikönigsspiel aufführen. Sie würde der König Kaspar sein, der auf seiner Reise nun endlich das Kind gefunden hatte, das er ein Leben lang gesucht hatte.

Und während die Glocken jetzt das neue Jahr einläuteten, schaute sie aus dem Fenster hinaus und seufzte: »Han i's net emmer gsagt: Z'letscht gohts Leaba emmer auf.«

Soll's alde Johr vergessa sei

Soll's alde Johr vergessa sei,
bloß weils heut von uns geht?
Des seh i doch em Traum net ei,
komm her, es isch scho spät!
I han scho onsre Gläser gfüllt,
komm, stoß mit mir heut a.
So manche Sehnsucht hosch du gstillt,
wie oft denk i do dra.

Ond hör i jetzt den Glockaschlag,
der ons den Abschied brengt,
so denk i gern an jeden Tag,
den mir des Johr hot gschenkt.
So denk i gern an jeda Stond,
an jeden Augablick,
war jeder Tag net herrlich bont,
net jede Nacht mei Glück!

I fürcht es net, des neue Jahr,
i sag zu ihm: »Tritt ei!«
Des Leaba isch so wunderbar,
komm, gib no a Johr drei.
Denn Hand in Hand ond net alloi,
mach i doch jeden Schritt,
räum aus am Weg de größte Stoi,
doch oimol gang i mit.

Neujahr – 1. Januar

’s neie Johr

’s neie Johr, wie a weißes Blatt
liegts vor oim.
Ich mach d’Auga auf, d’Vögel
wartad auf’m Apfelbaum, dass
wer ’s Vogelhäusle auffüllt;
’s hot gschneit über Nacht.
D’Schneeschaufel stoht am
Gartatürle parat. Ond aus dr
Küche schreit’s »Kaffee« zu mir
hoch. I stand auf. Mach erste Dapper
en des neie Johr.

Was hoffsch dr denn vom neie Johr

»Was hoffsch dr denn vom neie Johr?«
»Dass es mir Reichtum brengt!«
»Was stellsch dr denn für Sacha vor,
die da han willsch – obedengt?«

»En New York a Domizil,
a zwoits en Trochtelfenga;
Glück en dr Liebe wie em Spiel.
I wills zu ebbes brenga!

Berühmt sei, wie’s net viele send,
beneidet ond geachtet,
jeden Tag a nei’s Event
ond Weiber, die nach oim schmachted.«

Doch plötzlich klingelts dr em Ohr,
kommt d'Einsicht, wenn ao spät:
»'s Schönste wär em neia Johr,
wenn ma's überleaba dät!«

Vom Neujahrs- und vom ersten Schnee

Schnee! Schnee! der erste Schnee! – In großen wässrigen Flocken, dem Regen untermischt, schlägt er an die Scheiben, grüßend wie ein alter Bekannter, der aus weiter Ferne nach langer Abwesenheit zurückkommt.«

Die Sätze Wilhelm Raabes in der Chronik der Sperlingsgasse rufe ich mir alljährlich ins Gedächtnis, wenn der Himmel draußen sich mit jenem Grau bewölkt, das den ersten Schneefall ankündigt. Dann freue ich mich auf diese kleinen verzweigten Eiskristalle, die bei Temperaturen um null Grad entstehen, und die in der Lage sind, alles um einen herum in wenigen Minuten zu verzaubern.

Diese erste Begegnung kommt, will ich es mit den menschlichen Beziehungen vergleichen, dem Verlieben, auch wenn es einseitig sein dürfte, sehr nah.

Dieses Anhimmeln, dieses Entbranntsein. Huldigen will ich dem Schnee, ihn hofieren. Und kann doch noch nichts mit ihm anfangen. Der erste Schneeball, ungeschickt geformt und noch ungeschickter geworfen. Dieses unsichere Stapfen auf den noch ungebahnten Wegen, als betrete man einen fremden Planeten. Und dann Weihnachten. Weiße Weihnachten, eine prunkvolle Hochzeit, die man sich stilvoller nicht wünschen könnte.

Der Neujahrsschnee dagegen hat bereits etwas von der Ehe. Die Wege sind befestigt und ausgetreten, die Schneebälle formen sich leicht und treffen ihr Ziel wie von selbst. Mit Schiern und Schlitten steuern wir so selbstverständlich durchs Leben, als wären wir Eskimos.

Irgendwann aber, spätestens im März, will man den Schnee wieder loswerden ...

Und hier hinkt wohl der Vergleich mit den menschlichen Beziehungen, aber es ist ja auch eine einseitige Liebe, diese Liebe zum Schnee.

Vergänglich wie eine Schneeflocke, die auf meine Hand sich setzt: Will i se dir schenka, stand i mit leere Händ do.

Der Neujahrs-Karpfen

Mein Onkel Gustl wollte, bevor er nach Afrika auswanderte, noch einmal einen Karpfen, statt der obligatorischen Gans, zum Weihnachtsfest essen. Es wäre doch sein letztes Weihnachten in der Heimat, meinte er und da wäre ein Karpfen, wie er ihn einmal während seiner Militärzeit gegessen hatte, eine stete Erinnerung an die deutsche Weihnacht.

»Wer woiß, ob ma en Afrika überhaupt an Weihnachtskarpfa kennt«, sprach er seine Befürchtung aus und ließ nichts unversucht, die Familie davon zu überzeugen, dass einzig der Weihnachtskarpfen, der schon als der Advent noch eine Fastenzeit war, zur Tradition der Christenheit gehörte.

Überhaupt brach er jetzt eine Lanze für die Fische, jene Tiergattung also, die als Einzige von der Sintflut verschont geblieben war. Und war der Fisch nicht auch das geheime Erkennungszeichen der verfolgten Christen gewesen? Die Familie staunte darüber, was der Onkel Gustl alles wusste, und ich staunte, was man alles wissen musste, wenn man einen Fisch essen wollte.

Er wusste sogar, dass das Karpfenweibchen über Millionen von Eiern verfügte, dass man einen Fisch in der Richtung vom Schwanz zum Kopf essen sollte, weil das Optimismus ausdrücke, und er wusste auch, dass die Mönche im Mittelalter Teiche für sie anlegten, dass sie den Spiegelkarpfen züchteten und dass die Fastenregel einen Fisch vorgeschrieben haben soll, der nicht seitlich über den Tellerrand ragt.

Die Männer in unserer Familie wollte er mit den Schuppen des Karpfens ködern; sie versprachen nämlich Reichtum oder zumindest einen nie leeren Geldbeutel. Die Frauen versuchte er mit Rezepten willig zu machen: Karpfen blau mit Salzkartoffeln und Meerrettichsoße. Oder den böhmischen Karpfen, der gespalten, in einer Soße aus Zucker-Einbrenn, Rosinen, Mandeln und Lebkuchen serviert wird; den bemoosten Karpfen schließlich, der sich als Kunstwerk auf der Weihnachtstafel präsentiert.

Allein, alles Wissen um die Fische allgemein und den Karpfen im Besonderen half ihm nichts. Gegen die Weihnachtsgans kam der Karpfen nicht an.

Da jedoch jeder meinem Onkel den Karpfen von Herzen gönnte, wurde ihm vorgeschlagen, dass man an Weihnachten zwar, wie vorgesehen, auf die Gans bestehen würde, aber gegen einen Neujahrskarpfen niemand etwas einzuwenden hätte.

So nahm mich mein Onkel Gustl zwischen den Jahren mit zum Fischgeschäft Heilbronner, welches das älteste der Stadt ist.

Ich dachte an die Schuppen, die uns Reichtum bringen sollten, an den bemoosten Karpfen mit den Petersilienröschen, und ich dachte an die Mönche, die irgendwann damit angefangen hatten, aus dem Karpfen ein Weihnachtsessen zu machen.

Als wir dann aber im Fischgeschäft standen, dachte ich an all das nicht mehr. Ich dachte nur noch an den Karpfen, der durch das Glas des Fischbassins mich anglotzte, und ich glotzte zurück, entsetzt und voller Mitgefühl.

Schon hörte ich meinen Onkel die Bestellung aufgeben, sah, wie die Frau Heilbronner den Karpfen mit einem Netz herausfischte, sah den Karpfen hilflos darin zappeln und bekam eine solche Wut auf meinen Onkel Gustl, wegen dem ein Fisch sterben sollte, und begann zu schluchzen und die Tränen schossen über mein Gesicht, so weinte ich, während ein Holzknüppel, der über den Kopf des Fisches gezogen wurde, dem Zappeln ein Ende bereitete.

Da kam die Frau Heilbronner zu mir herüber, diese mächtige, großbusige Frau, die jetzt noch mächtiger und großbusiger wirkte als hinter der Ladentheke, und nahm mich in ihre Arme.

»Do musch du dir nix denka Bua, die Fisch send des so gwöhnt«, sagte sie, warmherzig, und so, als hätte dem Karpfen nichts Besseres passieren können.

Da war ich beruhigt. Nicht nur wegen des Karpfens. Auch wegen meinem Onkel. Denn nun gab es wirklich niemanden mehr, der ihm den Karpfen madig machen wollte.

Dreikönig – 6. Januar

Die schwäbischen Heiligen Drei Könige –
Ein Mundartstück in zwei Aufzügen (nach Sebastian Sailer)

Personen:
Michl, der Hausel des Herodes
Der Diener der Heiligen Drei Könige
Herodes
Die Frau des Herodes
Das Söhnchen des Herodes
Kaspar
Melcher
Balthes

Ester Aufzug

Vor dem Königspalast des Herodes. Michl, der Hausel des Herodes schippt sehr gemächlich Schnee; schließlich ruht er sich auf der Schaufel aus.

Michl: Herrgott, hot des gschneit heit Nacht.
Ond i ben mit dr Kehrwoch dra.
Allerdings, viel Schnee am Dreikönigstag
bedeutet viel Geigaknödel en dr Supp.

Vom Dach tropft es auf ihn herunter.

Michl: Jetzt tropft's mr ao no en da
Hemadkraga. Allerdings, tropft's am
Dreikönigstag vom Dach, gang sparsam
mit am Futter om.
Gilt jetzt des ao für da Knecht? An mir
spart d'Herrschaft doch 's ganz Johr!
Wenn i aber heit da ganza Tag faste dät,
erfahr i rechtzeitig, wann i sterb.

Aber will i's denn wissa?
Wenn ma onderm Betläuta an Stecka aus am Boda zieht, erfährt ma, wen ma em nächsta Johr heiratet. Des isch d'Arbad net wert. Lieber guck i heit Obend durch da Kamin. Denn für jeden Stern, den ma am Hemmel sieht, derf ma a Virdele Wei drenka. *(Er reibt sich die kaltgefrorenen Hände)* Kalt isch dr Dreikönigswend, aber 's hoißt, er weht oims Glück ens Haus.

Der Diener der Heiligen Drei Könige läuft auf den Palast zu.

Michl: He, langsam mit de jonge Gäul! Wo na so hetzig?
Diener: Was goht's di a? I frog de ao net, wo deine Schof send.
Michl: Meine Schof?
Diener: Ja, bisch du koi Schäfer?
Michl: I ben a ... Wie kommsch drauf, dass i a Schäfer wär?
Diener: Weil da wie a Schäfer auf am Scheifele romloinsch. Oder bisch bloß nagfrora?
Michl: G'schaftlhuber gang weiter. Sonscht rauch i di en dr Pfeif.
Diener: Vorher hau i di o'gspitzt en Boda nei.
Michl: Dir häng i doch 's Kreiz aus ...
Diener: ... damit du dein Arsch en dr Schleng hoimtraga kannsch.
Michl: Wenigstens semmer dr gleich Moinung.
Diener: Guck lieber nach deine Schof!
Michl: Du merksch doch hoffentlich, dass des, wo du grad neilaufa willsch, koi

Schäferkarra isch. Des isch dr Königspalast.

Diener: Was da net sechsch!

Michl: Ond i ben dr Hausel von dem Königspalast.

Diener: Am Bella noch hädd i eher auf da Hofhund tippt!

Michl: I han dir's em Guada gsagt.

Diener: Ach, Hond, die bellat, beißat net.

Michl: Des wirsch glei seh. *(Droht)*

Diener: Schwätz net, Hurgler, du musch wissa, i ben ao a Königsdiener, ond drzua a andrer Kerle wie du.
I han drei, die i bediena muss, ond du moisch gwieß, i käm doher, wenn des net dr Königspalast wär. Also, lass me nei oder ... *(Bedroht ihn)*

Michl: Was oder? Moisch, i fürcht di. I friss bei Gott so zehn auf'm Kraut wie du oiner bisch. I lass de net nei ond wenn ao dr Obereunuch vom türkischa Kaiser wärsch, bevor i di net, wie's bei ons Brauch isch, bei meim König a'gmeldet han.
Aber saga sottsch mr halt, wer da bisch ond woher da bisch. Ond wer deine Herra send.

Diener: Ben i jetzt so weit g'roist, bloß om so an Glufamichl zum treffa?
Wart, di lehr i Mores, wenn dir's eifällt amol auf meiner Mischte zum scharra.
Wer i ben, han i dir gsagt, ond wer mi doher gschickt hot, will i dir ao saga:
Meine Herra hend mi gschickt.

Michl: Du Dilledapp! Was für Herra?
Diener: Meine Herra König, du Dipfler.
Michl: Was denn für Herra König, Heckabronzer?
Diener: De Heilige Drei König, du Schofseckel!
Michl: Jesus und Maria! *(Bekreuzigt sich)* Deine Herra König send de Heilige Drei König?
Diener: Ganz recht, Dubbedeile.
Michl: Aber woher kommat se ond wie hoißat se?
Diener: Se kommat aus am Schwobaland. Dr erst hoißt Kasper, dr zwoit hoißt Melcher ond dr dritt hoißt, soviel i moi, Balthes. Se wend alle drei zum Herodes.
Michl: Rühr de jetzt net vom Fleck. I komm glei wieder ond breng a Antwort mit. *(Hält inne)* No ebbes:
Om wie viel Uhr wellat se komma?
Diener: Om a halba fönfe auf da Obend, so om d'Betläutzeit rom.
Michl: Jetzt han i's beinander:
Die Herra König, die Heilige Drei König aus am Schwobaland, Kasper, Melcher ond Balthes wellat zum König Herodes. Om a halba fönfe auf da Obend, so om d'Betläutzeit rom.
(Überlegt) Ois no:
Reitat se oder fahrad se oder gant se?
Diener: Gang zua! Sie werrad gau wohl gau. Grasdackel, sie reitet.
(Mokiert sich über die vulgäre Ausdrucksweise)
Michl: So, ond wie viel Ross hend se drbei?

Diener: Drei Ross ond drei Kamel.
Michl: Was send des für Viecher?
Diener: Sie hend lange, lange Häls. Ond Buckel auf'm Buckel. Wie ma's em Krippele seh ka.
Michl: Jetzt han i's beianander! De Herra König, de Heilige Drei König aus am Schwobaland, Kasper, Melcher ond Balthes wellat zum König Herodes, om a halba fönfe auf da Obend, so um d'Betläutzeit rom. Se reitat, hend drei Ross ond drei Kamel, des send so Viecher mit lange, lange Häls ond Buckel auf'm Buckel, wie ma's em Krippele seh ka.
Wart no, i ben glei wieder do. *(Geht ab)*
Diener: Ja, gang no zua, Erbsazähler. 's isch ja so kalt, dass oim 's Vateronser ens Maul nei gfriert. Des isch meiner Seel a Kerle, mit soddene verstopft ma bei ons drhoim d'Kellerfenster em Wender.
Jesas, jesas, wie isch's doch so kalt.
Dohanna, scheints, werrad d'Eiszapfa alt.
Do drabbt ma dem Stern hendadrei,
grad flucha könnt i: Heidanei!
Selbst meine König könnat me do net erwoicha,
denn bleib i do, gfriert mrs Wasser beim Soicha!
I misch me jetzt onder d'Kamel
– meiner Seel!
Hock me drauf
– ond fall net auf! *(Geht ab)*

Zweiter Aufzug

Im Königspalast. Herodes und sein Hausel Michl. Herodes sitzt auf seinem Thron, die Füße im Waschlavor.

Michl: Guada Obend, Herr König, i han ebbes a'zumelda.

Herodes: Was gibts?

Michl: Dr Diener dreier Herra war do ond hot seine drei Herra, de Herra König, de Heilige Drei König aus am Schwobaland, Kasper, Melcher ond Balthes, a'kündigt.

Herodes: Muss des jedesmol sei, wenn i grad d'Fiaß en aller O'schuld wäsch? Z'letscht Johr an Dreikönig war's gleiche.

Michl: Se lassat am Herra König Herodes an guada Obend saga ond se wellat zu eahm komma, om a halba fönfe auf da Obend, so um d'Betläutzeit rom, se reitat auf drei Röss, ond drei Kamel hend se drbei. Ihr werrad scho wissa, was des für Viecher send. Ihr send ja gscheider wie i.

Herodes zuckt mit den Achseln.

Michl: Se hend lange, lange Häls ond Buckel auf'm Buckel, wie ma's em Krippele seh ka.

Herodes: Hosch se ao g'frogat, ob se über Nacht bleiba wellat?

Michl: Jesasmaria, des han i vergessa. Doch i glaub, sie werrad nemme aus am Haus ganga, es isch ja scho Nacht om a halba fönfe, ond gwieß werrad se ao d'Goister ond d'Hexa fürchta.

Herodes: Apropos Hexa. Sag doch meim Weib, dr Frau Königin, sie soll gschwend zu mir komma. Drnoch gosch zum Bota ond sagsch, dem Herr König Herodes isch es eine Ehre, die Heilige Drei König en seim bescheidene Häusle begrüßen zu dürfen. Noch gibsch ihm a halbs Moaß Bier, des da beim Kronawirt holsch. Er solls solang a'schreiba.

Michl geht ab. Herodes allein. Er trocknet sich die Füße ab und steigt aus dem Waschlavor.

Herodes: Do wird mei Weib wieder a Gsicht macha, als ob se Spenna gfressa hädd. Sie duat sowieso dauernd, als dät i d'Sach bloß so zum Fenster nauskeia.
Ond gang i amol auf a Bier, hoißts, jetzt guck dr no den Aushauser, den versoffana a. Herrgott, i hör se scho grandla.

Frau des Herodes: Schätzle, was willsch?

Herodes: Wenn se schmoichalat, isch's no mender.

Die Frau des Herodes erscheint.

Herodes: Denk dr no, scheene Neuigkeita.

Frau des Herodes: I will se höra. Bloß guade, hoff i! Oder?

Herodes: Mir kriegat heit no Gäst!

Frau des Herodes: Do ben i arg am zweifla, ob des a guade Nachricht isch.

Herodes: A Nachtessa soddasch halt kocha ond Better frisch überzieha.

Die Frau des Herodes zieht eine Flunsch.

Herodes: Jetzt mach doch koi so a Gsicht.

Frau des Herodes: Du Lomp, du Aushauser, du ...! Alle Lompabagascha läsch rei. Z'letscht ganga mr no alle z'grond.
Kaum hot ma a bissle ebbes verspart, scho fressats de Fremde oim wieder weg. D'Better frisch überzieh, hosch gmoint? Moinsch i han nix anders zum doa als emmer bloß wascha, ond drzua grad jetzt, wo d'Soifa so grausig deier send. Wenn dene di nemme ganz saubre Better net guat gnua send, no kennat se auf da Boda liega oder em Schnee schlofa.

Herodes: Langsam, Weib, lass me ausschwätza. Du moinsch gwieß, a baar Vetter von dir kämat auf Bsuach? Deisch de net! Es kommat König ond zwar drei!

Frau des Herodes: Dann sends Lompakönig, Lompakönig, wie du oiner bisch. Zu ma Lompakönig kennat bloß Lompakönig komma.

Herodes: De Heilige Drei König sends, wie ma's em Krippele seha ka.

Frau des Herodes: Jetzt bisch scho sieba Johr König ond bisch oifältig wie a Baurazipfel. Woisch was? I lass die Bagasch erscht gar net rei.

Herodes: I han aber scho gsagt, es wär ons a Ehr! Onds Wort vo ma König isch wie's Amen en dr Kirch. Drnoch kommt nix meh!

Außerdem wärs a Schand für d'ganza Christawelt, wenn mr se net über Nacht dobhalda dätat. Ond a klois Vesper wird ons net glei zu Bettler macha.

Frau des Herodes: Wega mir, es isch ja sowieso alles he. Was soll i dene König dann vorsetza?

Herodes: Karree vom Kalbfleisch mit saurem Rahm, Rebzehmer zum Brata. Ein Frikando glasiert, an Timbal von Makkaroni ond z'letscht a Pomeranzensulz. Halt! A klare Supp vom Hopfa vornaweg.

Frau des Herodes: Wie wärs mit ra oifacha, aber schmackhafta Lompasupp? 's dät doch besser zu eich bassa!

Herodes: Om halba fönfe wird gessa.

Frau des Herodes: An dr Tischkant kennat 'r naga!

Die Frau des Herodes geht ab.

Herodes: Ma ka net saga: sie wär hälenga auf dr Welt! Je meh Zäh die verliert, umso bissiger wird se. Ben i denn so a schlechter König, dass i mit so oiner gstroft werd.

Michl: Herr König Herodes, sie reitat scho rei.

Herodes: So gang ond wart eahne auf, bevor 's mei Weib duat.

Michl rührt sich nicht von der Stelle.

Herodes: Auf was wartsch denn no? Warom gosch denn net?

Michl: I glaub, sie hend da Deifel drbei.

Herodes: Da Deifel? Der käm mr grad recht. Vielleicht will'r mei Weib holla.

Michl: Kohlschwarz isch'r.

Herodes: Wenn emmer du Drei Heilige König siehsch, Michl, oi Schwarzer isch drbei.

Michl: Wie ma'n em Krippele sieht?

Herodes: Wie ma'n em Krippele sieht! Jetzt gang, er wird de scho net fressa.
Zur Sicherheit kriegsch no a bissle a Dreikönigswasser.
(Bespritzt ihn aus dem Weihwasserbecken)
Jetzt sag, se sollad komma, ond d'Ross en da Stall stella.

Michl geht ab. Melcher und Balthes erscheinen.

Herodes: Jetzt ben i doch gspannt, was des für Gsella send. Am End hot mei Weib recht ond es send Lompa wie i.
Aha, se kommat.
(Laut) No rei!

Melcher und Balthes: Gelobt sei Jesus Christus, Herr König Herodes.

Herodes: In alle Ewigkeit, ihr Herra König mitnander. Woher bei dem saukalta Wetter?

Balthes: Onser Knecht wird ons doch a'gmeldet han?

Herodes: Freilich, freilich! Es soll eich ao an nix fehla. Mei Weib schafft grad 's Nachtessa a.

Melcher: Es hongrad ons net. Grad vor vier Stonda hot a jeder von ons fönf Baar

Brotwürst gessa ond a Schissel Kartoffelsalat.

Balthes: A guads Virdele drgega dät koim von ons schada; mei Gurgel zumindest isch wie a zammagschnorrader Dudelsack.

Herodes: Ja, du liebs Herrgöttle, vom'a Virdele hot mr eier Diener jetzt koi Wörtle g'sagt. Ond grad heit han i so guad wie nix em Haus. I müsst direkt a halbs Bier holla lassa. 's kommt mr ja auf a baar Pfennig net a.

Melcher und Balthes schauen sich ungläubig an.

Herodes: Ihr derfat net fürchta, dass es z'wenig sei. Es isch a groẞa Moaß. A Württaberger Moaß.

Melcher: Hend ihr denn koin Wei em Keller?

Herodes: 's isch doch koi Wetter für an Wei. Außerdem isch dr Wei en onsrer Gegend net bsonders. An Semsakrebsler sagt ma drzua.
Freilich hot ma a bissle oin em Keller, für alle Fäll, wenn ma an Bsuach kriegt, den ma gern wieder los han will. Verwandtschaft, ihr wissat, was i moin.

Melcher: Mir send do net a'spruchsvoll.

Balthes: König drenkat Württemberger.

Melcher: Aber sonscht ao koi Sau!

Herodes: Dann lass i den Semsakrebsler holla. *(Klatscht in die Hände)*

Der Hausel bringt den Königen Wein.

Herodes: Wo hend ihr jetzt eiern dritta Heiliga König?
Balthes: Er duat no a weng da Stern butza. Kasper, komm halt ond lass de seh!

Kasper kommt hervor.

Herodes: Leck me am Arsch! Wie dr leibhaftige Deifel!
Kaspar: Hosch no nie an Mohra gseah?
Herodes: G'hört drvo scho, aber gseah han i no koin.
Kaspar: Bei ons gibts sogar a Mohra-Apothek ond a Cafe Mohraköpfle.
Herodes: I kenn die halt vom Krippele her, doch en natura sieht ma alles mit andre Auga. Aber gnuag gschwätzt jetzt! Michl, komm ond hol gschwend a halbs Bier. Ond drnoch gucksch, wie weit mei Weib mit'm Essa isch.

Michl geht ab.

Herodes: Ihr Heilige König, i ka's net verberga, es nemmt me doch wonder, was ihr jetzt bei mir do wellat.
Melcher: Isch's net Brauch, das ma a'nander 's neie Johr a'sengt?
Kaspar: Eba. Brenga mrs hender ons, bevor 's Essa kommt.
Balthes: D'Franziskaner sengat nüchtern bsonders schee, i aber net.
Kaspar: Wenn ons was zum Drenka eischenksch, 's könnt sei, es däts.

Michl bringt das halbe Bier.

Herodes: Do kommt zum guada Glück grad's halbe Moaß Bier. Jetzt saufat, bis ihr gnuag hend.

Der Bierkrug macht die Runde, dann beginnen die Heiligen Drei Könige ihren Gesang (Melodie: Friedrich Silcher, Trinklied im Frühling).

Die Heiligen Drei Könige:

Das neue Jahr, soeben hats begonnen.
Mit Schnee und Kälte zog es ein in dieses Land.
Und haben wir bisher kein Garn gesponnen,
so machen wir uns erst einmal bekannt:

Wir heißen Kaspar, Melchior und Balthasar,
als Heilige Drei Könige sind wir bekannt.
Und bringen dem Herodes heut zum Neujahr,
die besten Wünsche aus dem Schwabenland.

Am Himmel standen viele helle Sterne,
doch nur dem einen, dem sind wir hierher gefolgt.
Er grüßte uns aus großer Höh und Ferne,
kein Mägdelein rief uns bislang so hold.

Er rief uns: Kaspar, Melchior und Balthasar,
folgt nur dem Licht, das heute euch im Herzen brennt.
Doch wünscht auch dem Herodes ein gut's Neujahr
und zeigt die Sterne ihm am Firmament.

Herodes: 's isch scho recht, dass'r aufhörat. Ihr hend eich guad g'halda. D'Fischer-Chör send Laia drgega. Jetzt aber hoißts: Herr, sei onser Gast, denn d'Suppa kommt grad. A klara Floischbrüh mit Geigaknödel, mit Flädla ond mit no was dren.

Michl trägt die Suppe zum Tisch.

Balthes: Hend ihr eiern Fasttag heit?

Herodes: *(Kopfschüttelnd)* D'Supp isch klar wie's Bronnawasser. Koine Geigaknödel, koine Flädla, koi Garnix. Net amol a Fettaug verliert sich dren.
Gang, Michel, trag se wieder naus ond sag meim Weib, sie hädd d'Ei'laga vergessa.

Der Hausel geht mit der Suppe. Gleich darauf ertönt aus der Küche ein Geschrei und Gezeter.

Herodes: *(Zu den Königen)* Sie isch net hälenga auf dr Welt, wie i heit scho mol festgstellt han. Ond je weniger Zäh se hot, desto bissiger wird se.

Michl kommt mit leeren Händen zurück.

Herodes: Hot se was gmoint?

Michl: Mir hend en aller Ruhe debattiert ond do hot ihr Frau, d'Frau Königin gmoint, ob's net weiterhin dr Brauch sei soll, dass dr Vorabend vor Dreikönig als Fastazeit eighalta werra soll. Ond ob die Herra so gütlich werad, ihre Nasa en da Kalender zum stecka.

Herodes: *(Schaut in den Kalender)* Verreck, desmol hot mei Weib recht. Dann, Michl, hol de klar Suppa wieder.

Michl: Des Kunststück breng i net zamma. Zerscht müsst i d'Supp mit a'ma Lompa aufwischa ond drnoch die Schüssel wieder zammabastla. Denn d'Frau Königin hot versehentlich d'Supp mit samt dr Schüssel an d'Wand nakeit.

Herodes: 's bassiert ab ond zua meim Weib. Aber so isch's halt, gell. Der oine hebt ond dr andre lässt nct fahra. Andererseits send de beste Händel nix nutz.
Vielleicht hädd mr doch besser d'klara Supp gessa. Se war guad gnua gwesa für da gröbste Honger. Aber, 's wird ao no ebbes anders geba als bloß a Supp. Gang, Michel, ond guck.

Michl geht und bringt Salat.

Balthes: Bei ons gibts da Salat drzua.

Herodes: Mei Weib hot's gern französisch. Zerscht da Salat ond dann lang nix.

Michl erscheint mit der Frau des Herodes.

Michl: Jetzt breng i d'Frau sell.

Frau des Herodes: Ihr müssat halt vorlieb nemme, es isch heit Fasttag.

Herodes: Warom hosch net wenigstens a baar Oier en Pfann g'schla.

Frau des Herodes: Ma hot gwieß a übrigs Schmalz zum verdreckla.

Herodes: Ja, ihr Herra, was mr em Essa sparat, des holla mr em Drenka rei. Gang, Michl, hol no a halbs Bier. Ond du Weib, hock zum König Kaspar na.

Frau des Herodes: Aber a'langa derf er me net. Er macht me sonscht ruaßig.

Kaspar: Bei so ra Ruaßgugg, so ra wiaschta, wie du oina bisch, kommts auf oin Ruaßer meh net a.

Die Frau des Herodes wendet sich entrüstet ab.

Herodes: Es wondert mi ja scho, was ihr drei Herra bei mir wellat. 's neie Johr a'wenscha alloi hot eich gwieß net dohertrieba.
Ond was soll der Stern bedeita, der do em Wenkel stoht?

Kaspar: Wo da Recht hosch, hosch Recht. Also bass auf: Zwölf Tag isch's her, do guck i en d'Stern. Ond was seh i? An Komet! Oiner, der scheints bloß auf dr Durchrois isch.

Melcher: A Stern, wie ma'n bei ons bisher no net gseah hot!

Balthes: Obwohl ...

Kaspar: Andrerseits hend mr ao wieder auf so an Stern gwartet.

Melcher: Weil er prophezeit war ...

Balthes: Seit langer, langer Zeit scho!

Kaspar: Guck i also durch mein Sterngucker, ond was seh i? An scheena Buaba mitta em Stern hocka, mit ma Kreuzle en dr Hand.

Melcher: Do sag i, des muss dr neie Judakönig sei.

Balthes: Von dem mei Opa scho vrzählt hot. Bua, hot er zu mir gsagt, wenn da so'n Stern amol siehsch, dann folg ihm ens Judaland ond such den neia König.

Melcher: Drauf schrei i meim Knecht, dua d'Ross sattla, mir wend a weng ens Judaland spaziera reita.

Kaspar: Drweil han i mein Hofmaler gschickt, er soll drweil den Stern abmola, dass mr a Muster drbeihend.

Balthes: Ond jetzt send mr halt do ond wend a'froga.

Herodes: Weib, gang gschwend ond hol dein kloina Buaba, 's ka sei, es isch dr nei König.

Frau des Herodes: Freilich wird er's sei. Glei derfat ihr'n agucka, mein kloina König. Er isch ja a richtigs Engale.

Herodes: Ond i guck mr solang 's Muster von eierm Stern a. Ond ob des Büble 's onserm gleicht.

Die Frau des Herodes kommt mit ihrem Söhnchen zurück.

Frau des Herodes: Do ben i scho wieder. Jetzt könnat'r eich des neie Königle agucka.

Sie stellt ihn auf einen Stuhl. Dort wird er von den drei Königen begutachtet. Dem Sohn wird es zu viel, er streckt ihnen die Zunge raus.

Balthes: Noi, noi, des isch er net.

Kaspar: Er sieht am net amol ähnlich!

Melcher: Koi Spur ähnlich!

Balthes: Ond a Kreizle, wie dr onsrige, hot er ao net.

Herodes: Wenns bloß am Kreizle fehlt, so ka i des von meim Rosakranz radoa. Oder i lass eahm ois macha. 's kommt mr do auf a baar Mark net a. Muss es hölzern oder soll's aus Eise sei?

Balthes: Ond wenn er ihm a goldigs omhängt, so isch er's trotzdem net. A ganz gwöhnlicher Rotzbua isch's!

Frau des Herodes: Was? Ihr Scheraschleifer, ihr herglaufene, ihr drei driebe Spitz, ihr! Schemat ihr Mostköpf eich net?
Jetzt hend ihr gfressa ond richtet no d'Leit aus. Aber so isch's, so isch's auf dr Welt ond net andersch.
Koin Dank kriegsch. Net amol König lent'r den Bua werra, wo dr oigane Vadder König isch.
A Deifelsdank isch des!

Herodes: Jetzt hend ihr salve veno da Dreck. Häddad ihr no 's Maul g'halda.

Frau des Herodes: Misch du di net ei. Du bisch doch dr gröschte Lomp. Alles läsch rei.
So müssa mr ja verderba, du stiehlsch de Kender 's Brot onderm Streicha weg, du Esel, du Ochs, du Grasdackel! Du Kendermörder!

Herodes: Bei alle Heilige, jetzt schnappt se voll nomm. Halt's Maul jetzt, du Giftspritz!

Frau des Herodes: Was? 's Maul willsch mir verbieta? Des isch ja no schlemmer wie's Kender ombrenga!

Herodes: Gnuag jetzt! Was sollad denn d'Nochber

ond de Heilige Drei König von ons denka!

Frau des Herodes: Sollad se doch denka, was se wellat!

Herodes: I ben schließlich dr König Herodes!

Frau des Herodes: A rodes Duach bisch für mi! Herr Rodes!

Herodes gibt seiner Frau eine Ohrfeige. Die drei Könige schauen ihn vorwurfsvoll an.

Herodes: Andersch lässt se sich net beruhiga.

Frau des Herodes: Du ... du ... du ...

Herodes: Sehat ihr's?

Frau des Herodes: Du ... Du schlagsch mi. Wart no, Gift dua dr ens Essa.
(Rennt davon)

Herodes: Weh dir, du spucksch nei!

Herodes wendet sich den Heiligen Drei Königen wieder zu.

Herodes: Aber jetzt, om aufs Vorige zrückzumkomma, so muss i ganz o'parteisch saga, mei kloiner Bua isch halt dr neie König net. Aber komisch isch des scho. I ben König ond mei Bua soll net König werra. Aber wer wird dann dr neie König sei? Ond wo isch'r auf d'Welt komma?

Balthes: G'nau wiss' mrs net.

Melcher: Ma hot ons g'rota, mir sollad nach Bethlehem gucka.

Kaspar: Emmer am Stern noch, bis er standa bleibt, hots g'hoißa.

Herodes: Sott's wohr sei, wär i für a Nochricht

dankbar. Ma will ja om d'Nochfolge wissa.

Melcher: D'Spatza werrads scho bald von de Dächer pfeifa!

Herodes: Schließlich will ma'm ao a Aufmerksamkeit schenka.

Melcher: Weihrauch, Myrrhe ond Gold brengat mir scho mit. Vielleicht denkat ihr an was Praktischs.

Kaspar: 's pressiert jetzt. Dr Stern stoht scho a ganza Weile still.

Balthes: Ond d'Ross standat dronta ond wartat.

Herodes: Aber ausdrenka werrad'r doch? *(Zum Michel)* Ond du, Michl, spann da Waga ei – i will no Hasa jaga. Koiner soll mr älter sei als a dreiviertel Johr.

Dreikönigstag

Kommat no rei«, sagte Josef, als er die drei Könige auf den Stall zukommen sah. Da traten die Könige ein und beteten das Kind an, beschenkten es mit Gold,
Weihrauch und Myrrhe.
Maria sagte: »'s wär doch net nötig gwea.«

Lichtmess – 2. Februar

Lichtmess

D'Hirta treibat scho ihre Schof zema,
dr Hond lauft voraus.
D'Heilige Drei König sagat Ade,
mitsamt de Kamel.
Ochs ond Esel hälts jetzt ao nemme
em Stall.
Dr Josef hilft dr Maria beim Packa,
vorsichtig lupft'r 's Jesuskind raus.
Z'letscht wirds Licht em Stall
ausgmacht –
ond 's ganze Krippele
auf d'Beahne hochtraga.

Lichtmesskerzen

Meine Großmutter hat mir erzählt, dass ihre Mutter früher, als es auf den Bauernhöfen noch kein elektrisches Licht gab, kurz vor Lichtmess das Rohwachs aus dem heimischen Bienenstock zu einem der Wachszieher auf den Lichtmessmärkten gebracht hat. »Dort hot ma's gwoga ond gega Kerza ei'dauscht, die ma dann bei dr Lichtmessfeier en dr Kirch hot weiha lassa.«

Dass dies nicht nur eine Hand voll Kerzen für besondere Anlässe war, wie das heute üblich ist, sondern möglichst der gesamte Jahresbedarf eines Haushalts, betonte sie, denn den Lichtmesskerzen sprach man besondere Segenskraft zu: »Do hot's di schwarze Wetterkerza geba, die ma bei ma schwera G'witter a'zonda hot, damit Haus und Hof verschont bleibt. Ond freilich d'weiße Hauskerza, ond dann no d'Sterbekerza, woisch so oine, wie da se beim Opa a'zendat hosch. Ond wie i se ao amol han will.«

Ein Licht zur Erleuchtung der Heiden

Meine Augen haben deinen Heiland gesehen ... ein Licht zur Erleuchtung der Heiden.«

Oh, Lukas, dachte ich, damals, ich hatte gerade von der Eroberung des Inka- und Maya-Reichs durch die Spanier gelesen, bei der tausende der friedlichen Ureinwohner von barbarischen Christen hingemetzelt wurden.

Ich kniete in der Kirche und fragte mich, was von diesem Licht, das dem greisen Simeon einst offenbart wurde, noch übrig war.

Der Pfarrer weihte die Kerzen. Damit war seine Aufgabe an diesem 2. Februar erfüllt. Und ließ mich allein, mit Lukas und seinem Evangelium, und jeder ließ mich allein mit meinem Buch, das von der Vernichtung der Inkas und Mayas handelte, die man zu Christen bekehren wollte.

Da hoffte ich, dass dieses Licht, von dem Lukas schrieb, dass es der greise Simeon gesehen hätte, wieder einmal leuchten würde – und welcher Zeitpunkt wäre geeigneter dazu als heute!